Quitter Dakar

Quitter Dakar

ROMAN

SOPHIE-ANNE DELHOMME

À PROPOS DE L'AUTEUR

Sophie-Anne Delhomme a grandi à Dakar au Sénégal dans les années 70. Elle a gardé une grande nostalgie de cette ville qu'elle a quittée à la fin de son adolescence.

Passionnée d'image autant que de mots, elle est directrice artistique de *Courrier International* depuis une dizaine d'années. Elle a publié plusieurs nouvelles avant d'écrire *Quitter Dakar*, roman dans lequel elle revient sur les lieux de son enfance.

En 2010, elle a passé une année sabbatique à New York. Elle vit maintenant de nouveau à Paris et retourne de temps en temps à Dakar.

Dans la collection Mondes en VF

Papa et autres nouvelles, VASSILIS ALEXAKIS, 2012 (B1)

La cravate de Simenon, NICOLAS ANCION, 2012 (A2)

Pas d'Oscar pour l'assassin, VINCENT REMÈDE, 2012 (A2)

LA COLLECTION MONDES EN VF

Collection dirigée par Myriam Louviot
Docteur en littérature comparée

www.**mondes**en**vf**.com

Le site *Mondes en VF* vous accompagne pas à pas pour enseigner la littérature en classe de FLE par des ateliers d'écriture avec :

- une fiche « Animer des ateliers d'écriture en classe de FLE » ;
- des fiches pédagogiques de 30 minutes « clé en main » et des listes de vocabulaire pour faciliter la lecture ;
- des fiches de synthèse sur des genres littéraires, des littératures par pays, des thématiques spécifiques, etc.

 Téléchargez gratuitement
la version audio MP3

« Je ne veux rien dire de plus et je n'ai relaté que ce que mes yeux ont vu. Ces prodiges – en vérité, c'étaient des prodiges ! – j'y songe aujourd'hui comme aux événements fabuleux d'un lointain passé. Ce passé pourtant est tout proche : il date d'hier. Mais le monde bouge, le monde change, et le mien plus rapidement que tout autre, si bien qu'il semble que nous cessons d'être ce que nous étions, qu'au vrai nous ne sommes plus ce que nous étions, et que déjà nous n'étions plus exactement nous-mêmes dans le moment où les prodiges s'accomplissaient sous nos yeux ; oui le monde bouge, le monde change ; il bouge et change à telle enseigne que mon propre totem – j'ai mon totem aussi – m'est inconnu. »

Camara Laye, in *L'Enfant noir*

1

Il n'y a plus rien. Ou pire, d'affreuses plaies[1] grossièrement pansées[2] au béton armé. Rasés la paillote, le restaurant terrasse. Brûlés la décoration de palmes et de bougainvillées, les parasols, les chaises longues. Disparus l'aquarium aux langoustes, les serveurs en tenue blanche, le barman plein d'entrain. Enfuis les brillants convives[3]. Crevés les lauriers-roses, les filaos[4]. Défoncés les courts de tennis.

Une volée de marches vaines se déploie au pied de l'hôtel de N'gor, fleuron[5] pionnier du tourisme africain, immense et décrépit[6], déchu, souillé de la poussière rouge des sécheresses.

---

1. Plaie (n.f.) : *Ouverture, blessure sur la peau.*
2. Panser (v.) : *Soigner avec un pansement, un sparadrap.*
3. Convive (n.f.) : *Personne invitée à un repas avec d'autres personnes.*
4. Filao (n.m.) : *Arbre de vingt mètres de haut, aux feuilles comme des aiguilles et qui pousse en Afrique et Australie.*
5. Fleuron (n.m.) : *Ce qu'il y a de plus beau, de meilleur.*
6. Décrépit (adj.) : *Abîmé par le temps, en mauvais état.*

Un type a monté un autre restaurant sur la plage. En dur, sur un étage. Pas tout à fait construit, mais déjà revendu. Quelques tables, un imposant rideau de velours au fond d'une grande salle éclairée au néon. Et deux serveurs embarrassés qui vont jusqu'au village chercher les glaces et les boissons.

Elle venait depuis 1974. Tous les ans, une quinzaine en avril.

Je sais. C'est pour cela que je suis là, parce qu'elle ne vient plus depuis longtemps, parce qu'un jour en avril, elle a cessé de venir. C'est pour cela que je suis là, sur ces lieux dévastés, en compagnie de ce petit homme en colère. Voyez-vous, tout a changé, c'est complètement fini ici. On va tous y passer. Moi, c'est ici que je veux crever, c'est chez moi, ici. C'est encore chez moi, qu'on se le dise!

Je croyais ce genre de personnage en voie d'extinction sur les côtes d'Afrique. Ce vieux monsieur Licart, le short blanc, les chaussettes montantes.

J'étais tombé sur un sacré témoin.

Manuela descendait tous les ans à l'hôtel de N'gor. En 1985, elle était morte en France, au lieu d'être en avril sur ce rivage aimé. C'est ancien déjà mais il est pourtant si difficile encore d'en parler. C'était ma mère.

Alors, j'écoute.

Ils se retrouvaient le soir au casino. Il avait d'elle un fameux souvenir : 120 000 francs CFA, gagnés sans y penser. Il savait bien, Licart, à qui elle pensait. Tout Dakar le savait. Elle courait après un type. 120 000, du jamais vu ! C'est dire si elle était malheureuse. Notez qu'elle aimait faire la fête, c'était jamais la dernière pour la java[7], mais elle l'avait dans la peau, ce niakoué[7]. Il avait un appartement place de l'Indépendance, des peaux de bêtes sur tous les murs. C'est elle qui le lui avait dit, il n'y aurait jamais mis les pieds, par exemple ! De la panthère, du buffle, du gnou. Un chasseur. Chasseur et trafiquant, les femmes adorent ça : le fric et le danger. Il se disait que pour la rendre aussi malheureuse, ce devait être le père du gosse. Si je me trompe, excusez-moi.

Et le petit garçon, vous vous en souvenez ?

Évidemment. Enfin, au début, parce qu'à la fin, elle ne l'emmenait plus. Elle revenait seule.

Évidemment, si je ne m'étais pas présenté, il n'aurait jamais pu me reconnaître. Il regrettait de me le dire, mais elle n'en parlait jamais du gamin. Licart le trouvait mignon, lui, ce gosse. Attendez voir, on se souvient de choses parfois… Le gamin avait une chèvre… Avec un

---

7. Niakoué (n.m.) : *Insulte, mot négatif pour parler des personnes asiatiques.*

nom d'homme, c'était bizarre pour une chèvre… La chèvre, c'était juste avant qu'elle ne rentre en France. Il ne la connaissait pas aussi bien à l'époque. Elle avait beaucoup d'amis, vous savez.

Les derniers temps, il allait la chercher à l'aéroport. Elle lui écrivait toujours pour donner ses dates. Et puis, une année, aucun signe de vie, c'est le cas de le dire. Il a pensé qu'elle avait changé d'idée, mais il se doutait que quelque chose ne tournait pas rond. Il aurait préféré se tromper, une femme si belle, si accomplie[8]. Si c'est pas malheureux.

Il n'a pas su tout de suite. Il n'était pas très au courant de la vie qu'elle menait en France. La France, il n'y était pas retourné depuis 1967, il n'en éprouvait pas le besoin. Et pour y faire quoi ? Je vous le demande.

Nous habitions le quartier du Point E, avant de quitter le Sénégal. Avant qu'elle ne revienne tous les ans jusqu'à la fin, sans moi.

Et moi, sans elle, aujourd'hui.

Dakar. Je suis là parce que j'avais besoin de ce voyage. Quand elle est morte, j'ai tout mis de côté, mon chagrin, mes souvenirs. J'ai rangé ses affaires dans des cartons. Pour plus tard. Peut-être.

---

8. Accompli (adj.) : *Parfait, idéal.*

Le temps a passé et un jour j'ai eu envie d'aller voir. J'ai trouvé des agendas, des lettres, quelques photos, mes dessins d'enfant. Des traces inertes[9], rassemblées par le hasard, plaquées sur notre vie.

Alors j'ai eu envie de revenir, pour aller voir autre chose que ces feuillets pâlis, ces cartes postales vagues, ces coupures de journaux périmées[10]. Il était beaucoup question d'un homme qu'elle aimait et qui la rendait malheureuse. J'avais fait semblant de l'oublier, cet homme qu'elle voyait quand nous habitions au Point E.

Et puis la chèvre. Je m'en souviens, elle s'appelait René.

Quel âge a-t-il, ce Licart ? Quatre-vingts ans, soixante-quinze ? Il a les oreilles transparentes qui partent en lambeaux, sa peau paraît couverte de lichen[11].

Je suis comme lui, moi aussi j'ai des souvenirs.

---

9. Inerte (adj.) : *Sans vie, sans mouvement.*
10. Périmé (adj.) : *Qui a dépassé la date de validité, la limite de consommation.*
11. Lichen (n.m.) : *Mousse verte et grise sur les arbres. Champignon.*

2

Manuela dormait avec son fils, l'année où ils sont revenus à l'hôtel de N'gor. Il était encore si jeune, ils tenaient à l'aise dans un grand lit, c'était plus économique. Elle attendait qu'il s'endorme avant de sortir, en espérant qu'il ne se réveille pas.

Ils se couchaient nus à cause de la chaleur. Le lit était plein de sable. Il avait souvent soif. Elle protestait, la nuit, parce qu'il prenait toute la place.

Avant de sortir le soir, elle s'allongeait avec lui en tamisant la lumière. Collé contre son corps, il somnolait pendant qu'elle feuilletait un magazine.

Machinalement, elle lui caressait le front, elle jouait avec ses doigts, elle lui grignotait la paume. Le visage appuyé contre sa poitrine, il apercevait entre ses cils sa peau brillante et douce qu'il respirait pour s'endormir.

Quand elle était sûre qu'il dormait, elle s'habillait en silence pour rejoindre des hommes qu'elle faisait attendre au bar de l'hôtel. Le casino était juste à côté. Elle portait des robes longues, elle aimait les décolletés[12]. Les gens se retournaient sur elle.

En rentrant, elle se glissait contre lui, un peu ivre elle le regardait dormir, elle lui chatouillait les joues, elle lui effleurait les lèvres, elle avait envie de le réveiller et en même temps de le regarder dormir. Ils sont restés quinze jours à N'gor, l'année de ses sept ans.

Il ne reconnaît pas grand-chose. Les pirogues peut-être, c'est tellement ancien. Il sait qu'ils sont allés sur l'île en face. Il revoit, entre ses genoux, le fond creux rempli d'eau de l'embarcation[13], les types autour de lui qui enjambent[14] les bancs, leurs pieds nus, leurs mollets mouillés. Leurs fortes voix, les piroguiers[15] qui s'interpellent, *la Bleue* et *la Verte* qui font la course, le vacarme du moteur, la puissante odeur de poisson. La pirogue vire au milieu de la baie avant de filer droit sur l'île. La mer leur éclabousse[16] le visage, il se laisse aller contre Manuela qui le tient serré contre son corps tiède. Ses cheveux lui agacent les oreilles quand elle se penche sur lui pour crier des mots qu'il n'entend pas, avalés par la vitesse. Elle porte des lunettes noires qui lui font des

---

12. Décolleté (n.m.): *Vêtement de femme qui laisse apparaître la gorge, la poitrine.*
13. Embarcation (n.f.): *Petit bateau.*
14. Enjamber (v.): *Passer au-dessus avec la jambe.*
15. Piroguier (n.m.): *Conducteur d'un bateau long et étroit.*
16. Éclabousser (v.): *Mouiller, envoyer de l'eau sur quelqu'un.*

gros yeux tout ronds. Il est en colère quand elle lui parle avec ça sur la figure.

Sur la plage de l'île, il crie depuis le bord, il lui crie d'enlever ses lunettes. Elle s'amuse, elle est couchée dans l'eau, avec ses gros yeux à la surface, il ne la reconnaît plus. Elle veut jouer et ça le fait crier. Il y a un homme avec eux qui s'approche d'elle à la nage et qui l'attrape tout d'un coup par la taille. Elle coule en riant, elle disparaît, ils se disputent dans l'écume. Ses lunettes maintenant, les deux gros yeux, flottent tout seuls dans l'eau agitée qui les attire vers le large.

Ce dont le vieux Licart ne se doute pas, c'est qu'il est déjà revenu. Une fois.

Un été pendant l'hivernage[17], en 1990, avec Laetitia sa copine de l'époque. Ils étaient passés très vite par Dakar, avant de partir pour les plages de la Petite-Côte. Deux jours au Point E dans un hôtel pas cher. Laetitia était tombée malade en arrivant et il était venu tout seul à N'gor, il avait pensé aller sur l'île, aller se baigner depuis l'île.

Finalement, il était resté sur la côte, près de l'embarcadère.

Les gardiens de la plage de l'hôtel l'avaient dissuadé de s'en approcher. Il n'y avait pas réellement de clôture, simplement le sable était différent, plus

---

17. Hivernage (n.m.) : *Travail effectué avant l'hiver. Saison des pluies.*

peigné, plus blond. Les pédalos et les planches à voile indiquaient une frontière à respecter pour accéder aux parasols[18], aux matelas, aux tennis derrière la haie de lauriers-roses.

Il était resté du côté des femmes qui vendaient de l'huile bronzante et des nougats. Refoulées par les gardiens, elles hélaient de loin les touristes pour proposer leurs marchandises. Jusqu'à ce qu'un promeneur en longeant le rivage vînt à elles par insouciance ou par curiosité.

Il était resté longtemps sous les filaos, en compagnie d'un chien galeux[19] effondré dans le sable. Il se sentait nauséeux, il descendait de l'avion, il n'avait pas le courage d'affronter les passeurs des pirogues, de choisir entre *la Verte* ou *la Bleue*, aucune énergie pour batailler. Il était resté à rêvasser, à contempler la frontière invisible qui le séparait de son enfance.

Un bana-bana[20] accroupi devant son minuscule étal mâchonnait un bâton de sothiou[21] en écoutant une mélodie entêtante sur une petite radio. Il avait essayé de lui vendre des lames de rasoir, des bonbons à la menthe, des cigarettes Camelia Sport… Et puis l'homme avait

---

18. Parasol (n.m.): *Grand parapluie pour protéger du soleil.*
19. Galeux (adj.): *Qui a une maladie de la peau.*
20. Bana-bana (n.m.): *En langue wolof: les marchands ambulants; les vendeurs dans la rue.*
21. Sothiou (n.m.): *En langue wolof: un bâton d'une plante à mâcher pour se laver les dents.*

laissé tomber. Le soleil tapait dur sur le sable clair de la plage de l'hôtel. Les marchandes s'étaient repliées à l'ombre. Elles avaient déposé les bassines de nougats qu'elles portaient sur la tête, mais continuaient d'épier la plage à toubabs[22].

C'était le moment délicieux où la chaleur étouffe les bruits et engourdit les êtres. Quelques baigneurs somnambules cherchaient au bord de l'eau des éclats de coquillages. Seul le bruit léger des vaguelettes troublait cette paix.

Comme le troublait le chant nasillard de la radio toute proche qui lui donnait mal au cœur. La mélopée[23] du chanteur l'immergeait dans un temps moite[24], quand la voix désolée du muezzin[25] poissait ses rêves d'enfant solitaire et tourmentait son sommeil. Quand, dévoré par les moustiques, il s'agitait dans ses draps, prenant garde de maintenir les paupières fermées pour ne pas voir la nuit grise qui l'effrayait.

Manuela absente de ce rivage, il était seul, assis sur ce coin sale d'une plage africaine. Pourtant il l'apercevait distinctement, allongée sur le ventre, son corps couleur de caramel, blonde, assoupie, distante de lui de quelques

22. Toubab (n.m.): *En langue wolof: toute personne de couleur blanche.*
23. Mélopée (n.f.): *Chant récité.*
24. Moite (adj.): *Humide et chaud.*
25. Muezzin (n.m.): *Crieur dans une mosquée qui annonce l'heure de la prière.*

mètres, de l'autre côté des pédalos. Distante de lui pour toujours si l'illusion se dissipait. S'il s'approchait de cette silhouette, de cette femme inconnue qui s'allonge davantage pour atteindre un paquet de cigarettes et qui apparaît soudain comme une autre.

Manuela. Deux grands yeux qui le dévisagent. Jamais plus sur cette plage.

Il était rentré à pied, la route est longue avant d'approcher de la ville. Il marchait sur le bas-côté broussailleux, le soleil de l'après-midi brûlait encore, il marchait vite et pourtant la chaleur dissolvait[26] ses efforts, la distance s'allongeait devant lui malgré ses enjambées furieuses, ses imprécations[27], et les larmes qui achevaient d'embraser son visage.

---

26. Dissoudre (v.): *Faire disparaître.*
27. Imprécation (n.f): *Souhait de malheur contre quelqu'un.*

3

Il avait retrouvé Laetitia recroquevillée dans un fauteuil, à la réception de l'hôtel. En fait de réception, il s'agissait d'une grande salle peinte en vert vif, dans laquelle étaient dispersés quelques tables, quelques chaises en rotin, un canapé de velours, ainsi qu'un genre de bananier en pot. Devant l'unique fenêtre, une cage à oiseaux ; au mur, une photo de piroguiers sur la plage de Cayar. Laetitia regardait à la télévision fixée très haut contre le plafond, une pièce de théâtre en wolof[28]. Le vert ambiant aggravait sa mauvaise mine. Il s'était laissé tomber sur une chaise en face d'elle, le visage brûlant, couvert de sueur et de poussière. Il avait terminé sa route dans un car-rapide attrapé à la volée aux abords du village de Ouakam, seul toubab dans l'habitacle bondé. Comprimé au sein d'un groupe bavard et indifférent, il

---

28. Wolof (n.m) : *Langue parlée par les populations au Sénégal et en Gambie.*

s'était abandonné à la proximité des peaux et des visages, à l'atmosphère d'humanité que dégageaient ces corps contre le sien. Il en avait retiré un peu de réconfort[29].

Le garçon de l'hôtel lui avait apporté sans qu'il le lui réclame un grand verre de bissap[30], la grenadine locale, dans laquelle flottaient deux glaçons, que Laetitia avait considéré avec malveillance. Ce breuvage allait causer sa perte, leur séjour dans ce bouge[31] allait s'éterniser, ils seraient coincés ici comme des imbéciles.

Elle était venue se reposer au soleil, et si elle avait accepté de s'arrêter une journée à Dakar, il n'était pas question qu'elle reste cloîtrée[32] un jour de plus à regarder une télévision indigente[33]. Derrière son comptoir, le garçon feignait d'examiner les entrailles d'un gros réveille-matin.

Gêné pour ce garçon, éreinté, fiévreux, il aurait voulu qu'elle se taise, il aurait voulu la gifler. Ce qu'il fit – à sa propre surprise, en regagnant leur chambre. Une énorme claque, qui les avait laissés ébahis, avant que Laetitia ne se mette à hurler. Des coups cognés de l'autre côté de la cloison l'avaient interrompu par miracle.

---

29. Réconfort (n.m.) : *Diminution de la douleur de quelqu'un grâce au soutien d'une autre personne.*
30. Bissap (n.m.) : *Boisson préparée à partir de fleurs d'hibiscus.*
31. Bouge (n.m.) : *Logement sombre et sale.*
32. Cloîtré (adj.) : *Enfermé.*
33. Indigent (adj.) : *Qui n'a pas beaucoup d'argent et qui manque de choses nécessaires pour vivre.*

Un mélange d'odeur de vomi, de menthol et de cigarettes flottait dans la chambre en désordre. Walkman sur les oreilles, Laetitia avait entrepris de s'enduire méthodiquement le visage de crème, puis s'était enfermée dans la salle de bains. La tête enveloppée d'une serviette de toilette, simplement vêtue d'un jean et d'un soutien-gorge, elle en était ressortie frémissante. Prête à la bagarre.

Étendu sur le lit, il s'appliquait à contempler sa cigarette partir en fumée. Il sentait monter la fièvre et maudissait ce voyage, cette illusion d'insouciance qui les avait grisés bêtement avant de les confiner dans cette chambre sinistre. Il s'était efforcé de se fondre dans le temps qui passe. Que vienne simplement le temps de s'endormir, de se réveiller, que vienne pour en finir le temps de s'en aller.

De guerre lasse, elle avait allumé une cigarette et s'était allongée à son tour.

La pénombre avait envahi la chambre, à travers le grillage de la fenêtre, la clarté orange d'un réverbère dessinait sur les murs des bougainvillées en ombre chinoise. Des conversations traînantes leur parvenaient de loin en loin, un bêlement, des pleurs d'enfants, le passage d'une mobylette.

Il avait bien fallu s'extraire de cette anesthésie maussade, allumer, s'habiller, sortir. Il était revenu à

Dakar et ils étaient deux touristes hébétés[34]. Ils s'étaient disputés tout à l'heure, mais maintenant ils allaient sortir à la recherche d'un taxi, d'un endroit pour dîner.

Ils avaient déambulé au hasard, à la recherche d'une avenue qu'ils supposaient plus animée. Leur hôtel se trouvait loin du centre-ville et ils avaient rapidement perdu espoir de trouver un restaurant dans ce quartier résidentiel, où les hauts murs succédaient aux haies de bougainvillées. Regroupés autour de minuscules fourneaux[35], formes sombres emmitouflées, ne laissant deviner que le blanc de leurs yeux, les gardiens avaient déjà pris leurs quartiers devant les portails. Buveurs de thé, raconteurs d'histoires, ils s'interrompaient un instant pour les regarder passer.

Ils avaient atteint une avenue plus large et l'avaient remontée à l'affût d'un taxi, en direction d'une grosse station-service éclairée autour de laquelle il semblait qu'il y eût un peu d'animation. Laetitia marchait derrière lui, trébuchant sur la pierraille du bas-côté. Il lui avait donné la main pour franchir les derniers mètres qui les séparaient de la lumière de la station. Quelques échoppes[36] de planches, petits vendeurs, réparateurs en tout genre, quelques voitures stationnées. Des mendiants[37] accroupis

---

34. Hébété (adj.): *Paralysé, stupide.*
35. Fourneau (n.m.): *Appareil en fonte pour cuire les aliments. Petit four.*
36. Échoppe (n.f.): *Petite boutique en planches contre un mur.*
37. Mendiant (n.m.): *Personne sans argent qui demande de l'argent ou de l'aide aux personnes dans la rue.*

23

sous l'enseigne clignotante d'une pharmacie mitoyenne.

Il n'y avait rien à manger, rien d'autre que des gâteaux secs et des boîtes de conserve, des bananes et des oranges vertes.

Demander à la pharmacie, pourquoi pas, une adresse pour dîner. Un groupe d'adolescents agités se pressait maintenant autour d'eux. Laetitia avait un sourire pâle, tandis qu'il rougeoyait sous les néons.

Interrompre cette journée, comme un mauvais rêve. Tant pis.

Recommencer. Ouvrir les yeux demain, se lever plein d'impatience, partir pour la Petite-Côte, confiants, enthousiastes comme prévu.

Nous avions mérité nos vacances. Laetitia travaillait comme une folle, j'avais à peine hésité à l'accompagner. J'avais même trouvé cool l'idée de nous arrêter une journée à Dakar avant de rejoindre les plages à touristes. J'allais me rejouer le petit air de ma légende personnelle.

J'avais à peine hésité.

Et toute cette peine me débordait encore aujourd'hui.

Quand le taxi était arrivé au Point E et qu'il avait fait le tour du rond-point aussi grand qu'un terrain de football, j'avais reconnu l'arbre : le baobab géant du Point E. Et j'avais reconnu les rues et les maisons.

24

Mais ça n'était pas cool.

L'hôtel était tout près et Laetitia trouvait génial d'avoir mis le doigt par hasard sur mon ancien quartier. Elle trouvait ça merveilleux, elle y voyait du sens. Cela avait provisoirement éclairé notre voyage, elle qui n'aurait jamais dû accepter ce plateau-repas dans l'avion, elle qui avait mal au cœur, mal au ventre. Elle qui m'avait rapidement demandé de la laisser seule.

J'avais quitté l'hôtel à la recherche du rond-point. Je voulais m'approcher de l'arbre : le baobab géant qui semblait l'être encore. Je voulais en avoir le cœur net, j'étais un homme à présent et cet arbre, émergeant de broussailles et d'herbes folles, me dominait toujours de sa gigantesque ramure[38], enchevêtrée[39] de bougainvillées parasites. Évitant les ordures et les épineux, je m'étais approché le plus près possible du tronc, jusqu'à distinguer son écorce animale, sa peau de pachyderme[40] décolorée par la lumière blanche de ce matin d'hivernage. J'étais resté longtemps au pied de ce témoin absolu qui me communiquait mon avenir, parce qu'il connaissait mon passé. Ce baobab qui savait tout de moi et bien plus encore.

---

38. Ramure (n.f.) : *Ensemble des branches d'un arbre.*
39. Enchevêtré (adj.) : *Mêlé ensemble.*
40. Pachyderme (n.m.) : *Animal qui a la peau épaisse comme un éléphant ou un rhinocéros.*

4

J'avais trouvé l'adresse de Licart dans les papiers de Manuela. Je lui avais écrit et il avait semblé désireux de faire ma connaissance. Nous avions convenu qu'il passerait me prendre à mon hôtel. Il s'était proposé pour me servir de guide, ou me rendre tout autre service dont j'aurais eu besoin. En se présentant, le vieil homme avait manifesté une grande émotion, il avait gardé longuement ma main dans les siennes. Manuela. Vous êtes le fils de Manuela. Le regard embué derrière les verres de ses lunettes. Cela fait si longtemps !

La dernière fois, ils s'étaient croisés sur l'île de Gorée, à l'occasion d'un concert. Jamais il n'aurait pu imaginer que ce serait la dernière fois. De toute façon, il n'y a plus personne. Le pays a changé, c'est plus dur pour tout le monde, vous savez.

Elle était pieds nus le soir de ce concert et portait une robe blanche de dentelle, une robe de Signare, les

belles Goréennes d'autrefois. Elle était arrivée par la
chaloupe[41] avec les autres. Toute une bande avec qui
elle sortait. Il y avait beaucoup d'hommes autour d'elle,
elle était malheureuse, mais d'après Licart, attention,
elle savait trouver des compensations[42].

Et avec lui, est-ce qu'elle avait trouvé à s'étourdir ? Je
ne pouvais pas lui poser la question, il m'aurait répondu
volontiers, mais je recevais ses confidences avec précaution, j'avais peur que quelque chose ne m'explose à la
figure. Une révélation qui m'aurait bouleversé. Quelque
chose que j'étais venu chercher et qui pourtant m'affolait
sourdement. S'il pouvait, au contraire, se taire un peu
pour me permettre de recomposer mon paysage intérieur.

Manuela, ma mère. Sa vie, la vraie.

Elle avait attendu sur le port que la nuit enseve-
lisse[43] la digue et les rochers. L'enseigne de l'auberge du
« Chevalier de Boufflers » éclairait les pirogues alignées
sur la plage. Les lanternes des gargotes[44] autour de
l'embarcadère[45] se sont allumées une à une. Elle était
restée à scruter la mer. Il aurait emprunté un voilier, cet
homme qu'elle aimait, ou la vedette des garde-côtes, il

41. Chaloupe (n.f.) : *Petit bateau.*
42. Compensation (n.f.) : *Remplacement.*
43. Ensevelir (v.) : *Faire disparaître.*
44. Gargote (n.f.) : *Mauvais restaurant.*
45. Embarcadère (n.m) : *Lieu dans un port où on monte à bord d'un bateau.*

27

connaissait tout le monde. Elle s'en allait le lendemain. Il avait dit qu'il viendrait la retrouver sur l'île. C'était son dernier soir.

Elle s'est finalement résignée à rejoindre les autres. On l'a persuadée qu'elle attendrait tout aussi bien sur la terrasse. On y écoutait la musique en regardant les étoiles.

Ils ont tous rembarqué avec la dernière chaloupe. Elle n'a pas voulu renoncer. Ils sont partis sans elle. Elle ne l'attendait plus, la pauvre, mais elle ne pouvait pas se résoudre à quitter l'île. Une tache blanche sur la jetée, longtemps après qu'ils aient doublé Tacoma, la balise.

Je marche aujourd'hui dans les ruelles sableuses, sur les traces de ce concert évanoui, en compagnie de poulets qui s'égaillent devant moi, à l'intérieur de cours lépreuses, sous des porches[46] décolorés témoins de la splendeur passée des maisons roses de l'île. Je marche sans réfléchir, en suivant des indications vagues. Je me perds, je reviens sur mes pas, j'ai déjà vu cette balustrade délabrée[47], cette bique[48], ces bougainvillées rouges. Une fille me prend en pitié, une jolie fille de l'île. Une débrouillarde, une businesswoman, comme elle dit, elle a bien vu à mon air que ce serait facile. Français ? Inglese ? Italiano ? Tu veux un souvenir ? Viens avec moi, mon chou. Tu veux fumer ? Je la suis docilement, cette fille a

---

46. Porche (n.m.) : *Entrée couverte devant la porte d'une maison.*
47. Délabré (adj.) : *En mauvais état.*
48. Bique (n.f.) : *Chèvre. (fam.)*

un joli sourire crâneur. Elle veut partir faire le marketing en France, c'est une battante, donne-moi mille francs, donne-moi cinq cents. Je lui réponds par monosyllabes, non merci, je ne veux rien, merci. Elle me laisse tomber devant le kiosque à musique et s'éloigne en se déhanchant dans son jean qui la boudine, ses tresses perlées sautillant sur ses épaules. Elle n'a pas de temps à perdre, le business n'attend pas, elle s'est déjà fait une raison.

Je suis sauvé, j'aperçois la mer et l'embarcadère.

Des marchands de souvenirs m'interpellent depuis leur boutique de fortune. Décidément, je ne veux rien, je suis mort de soif et de pitié.

Cette île est un leurre[49], il n'y a rien d'elle, rien de nous.

M'a-t-elle un jour seulement emmené à Gorée ? Un patio frais, une forêt de plantes en pot. Une très vieille dame derrière un chevalet. Des tubes de couleur. S'agissait-il d'une séance de pose ? De mon portrait ?

Cela a-t-il eu lieu dans une de ces maisons aux persiennes[50] closes, sur la place de l'embarcadère ?

Nous sommes venus, j'en suis sûr. Et pourtant je n'en retrouve aucun écho, aveuglé par la violente lumière de midi, assis sous un parasol publicitaire devant une méchante assiette de frites.

---

49. Leurre (n.m.) : *Illusion. Qui trompe les sens.*
50. Persienne (n.f.) : *Volet de bois qui protège une fenêtre.*

Je vais faire comme elle, je vais rester. Je vais attendre, les souvenirs vont revenir. Attendre et regarder. La lumière va s'adoucir, elle descendra caresser les maisons et rosir davantage leurs murs. Les enfants iront nager dans la rade[51]. Ils plongeront depuis la chaloupe qui manœuvre lourdement, pour ramasser la petite monnaie que leur lancent les passagers. Les pirogues remontées sur la plage, les pêcheurs y déploieront leurs filets. Je reconnais les mouvements du soir, je reconnais la lumière dorée. J'écoute et je regarde, mais parmi les passants qui déambulent, je ne nous reconnais pas.

Il n'y a personne. Cela n'existe pas, que je sois revenu.

Le patron du « Chevalier de Boufflers » m'a trouvé une petite chambre au rez-de-chaussée dans une ruelle attenante. Étendu sur un extravagant lit de cuivre, j'écoute se déposer sur l'île le calme épais de la nuit. Incapable de m'endormir, je ressasse des bribes tremblées, des égarements de la conversation du vieil homme. C'est loin vous savez, je ne sais plus, Licart se caresse le menton de sa main tavelée[52], désolé mon garçon, il m'appelle mon garçon.

---

51. Rade (n.f.) : *Étendue de mer fermée par la terre où les bateaux peuvent rester.*
52. Tavelé (adj.) : *Avec des tâches.*

Soudain, un vacarme épouvantable déchire le silence. Une créature de cauchemar griffe et crache derrière les volets de ma chambre. La Noyée de l'île aux Serpents, Mame Koumba elle-même, la sorcière du Castel, glapit sous ma fenêtre !

Des persiennes claquent à l'étage. La voix furieuse d'un toubab : Qu'est-ce que c'est que tout ce bordel ?

Les cris dans la ruelle se muent en gémissements, la créature halète[53]

Une voix claire résonne à son tour. Ce n'est rien, c'est la peur. Il a vu quelque chose !

Qui ?

Qu'est-ce que c'était ?

J'ai entrevu quelque chose d'inhumain, que j'entends maintenant s'éloigner, à petites foulées furtives.

Ce n'est rien, c'est la peur.

Je préfère ne pas allumer, la nuit est d'encre et j'attends les yeux ouverts qu'elle s'estompe. Que l'aube venteuse se lève, armée d'écume et d'oiseaux, qu'elle chasse les volutes des mauvais rêves.

J'attends que mon souffle s'apaise et que mon corps se calme.

---

53. Haleter (v.) : *Respirer rapidement.*

5

Elle et lui, le type, sur l'une des photos que j'avais trouvées dans les affaires de Manuela. Il fait nuit, ils sont assis à table, les yeux rougis par l'éclair du flash, ils prennent la pose derrière les reliefs d'un repas. Une canette de bière floue au premier plan, des assiettes repoussées dans lesquelles se figent quelques restes de côtelettes. Manuela porte une robe claire, elle rit, la tête renversée en arrière. Lui, un bras passé autour d'elle, sourit au photographe, il est torse nu, le poil sombre et fourni sur une poitrine bronzée.

Bienheureuse Manuela, aveuglée par le flash, lovée contre son amant, dans la plénitude d'une soirée parmi d'autres, enlacée devant la surface brillante d'une nuit d'Afrique.

Elle reviendra sans cesse ensuite, vers cette nuit comme vers d'autres, vers les jours et les nuits qui tramaient cette photo.

Et pourtant elle avait quitté Dakar. Espérait-elle quelque chose en s'éloignant ? Qu'il la retienne ? Elle avait peut-être manqué d'argent, sans argent il avait fallu rentrer.

Nous devions rentrer, toi et moi. Et son visage devenait dur.

Il semblait qu'elle retrouvait cet homme chaque année, mais elle ne m'emmenait plus. Il n'aimait pas les enfants. Il le lui avait dit un jour. Je jouais avec des coquillages devant sa maison. Il m'avait désigné du menton. Regarde ton mioche[54], il nous épie, j'aime pas les gosses[55], c'est menteur, c'est plus malin qu'on croie. Moins j'en vois, mieux je me porte. Celui-là, comme les autres. C'est général.

Et puis je n'avais plus rien entendu, ils chuchotaient, ils riaient tout bas. J'avais risqué un coup d'œil, mais il me cachait son visage, allongé contre elle sur sa serviette de bain.

Je suis resté souvent sur sa terrasse en coquillages à côté de sa piscine en construction. C'était une grande cuve en ciment creusée dans son jardin, on pouvait descendre au fond se rafraîchir avec le tuyau d'arrosage. Je n'osais pas crier quand il nous arrosait d'en haut debout sur le rebord, mais Manuela riait très fort, elle courait pour échapper au jet. Elle me tenait par la main.

---

54. Mioche (n.m.) : *Enfant. (fam.)*
55. Gosse (n.m.) : *Enfant. (fam.)*

Il nous visait pour nous faire tomber et nous glissions dans les éclaboussures. J'aurais préféré qu'elle me laisse tranquille plutôt que de m'entraîner dans ce jeu.

Un jour, il nous a prêté cette maison, un cabanon en dur qui surplombait la plage. Par-dessus la haie, on apercevait des voiliers mouillés dans la baie. Manuela était de mauvaise humeur. Le ciel blanc comme le sable de cette plage. On y descendait par un petit escalier, mais l'accès à la mer était obstrué par un champ d'algues qui pourrissaient au soleil. L'odeur me donnait mal au cœur, elle imprégnait la maison tout entière. Manuela faisait bronzer sa poitrine au bord de la piscine vide, elle semblait regarder fixement le soleil à travers ses grosses lunettes qui reflétaient le paysage du ciel.

Il est arrivé dans l'après-midi, lui aussi de mauvaise humeur. Il s'est à peine laissé embrasser quand Manuela s'est approchée pour l'accueillir. Il devait retourner tout de suite en ville, elle pensait qu'il dormirait ici, il a dit, tu peux rester, toi. Il avait des gens à voir. Tout de suite, tu es sûr ? Tu repars tout de suite ? Elle est rentrée dans la maison pour lui servir un verre. Juste un verre. Et ils ont disparu à l'intérieur.

L'après-midi était presque finie quand elle m'a rejoint sur la terrasse, enroulée dans son paréo tahitien, son chapeau de soleil à la main. Elle a regardé le ciel et puis elle s'est accroupie devant moi, le visage à ma hauteur, je voyais de tout près ses cils et ses taches de

34

rousseur, elle avait la bouche brillante et les cheveux mouillés. Tu viens, on rentre, j'en ai marre d'être ici, le soir c'est sinistre. Elle s'est relevée pour regarder pardessus la haie, l'ombre qui descendait sur la plage et les reflets noirs que creusait autour des bateaux le soleil éteint qui s'enfonçait dans la mer. Elle a frissonné, et s'est tournée vers moi.

— Vite, c'est sinistre ici. Ça pue la mort.

Ça pue la mort! Ça pue la mort! Je chantais à tue-tête dans la voiture. Cela m'était revenu comme un refrain, et j'improvisais des intonations, c'était la meilleure des chansons. çapulamor, çapulamor! Manuela essayait de me faire taire, j'étais debout derrière elle, les bras autour de son cou et je criais de plus en plus fort pendant qu'elle conduisait. Tais-toi, mais tais-toi! Tu vas nous faire avoir un accident, gare à toi si je m'arrête! Je me suis rejeté en arrière, mais je criais depuis la banquette. Je veux plus aller à sa maison, il est trop méchant, je veux plus y aller, ça pue la mort, ça pue la mort. Je le déteste, c'est pas ton mari, t'as pas de mari d'abord. T'as pas le droit. Je veux plus que tu ailles le voir, quand je suis à l'école, t'as pas le droit!

Manuela a rentré la voiture dans le garage. Elle en a fait le tour pour m'ouvrir la portière. Je ne voulais pas descendre. Je reste dans la voiture jusqu'à ce que tu jures de plus jamais le voir. Elle s'est assise à côté de moi. Tous les deux à l'arrière, sans personne pour nous conduire. Toi tu es un enfant, lui c'est un homme, c'est mon homme, on s'aime comme un mari et une femme. C'est pas vrai, il t'aime pas, il te déteste ! Il veut toujours te faire mal, il veut toujours te pincer la peau, et puis il est moche ! Il est moche !

Elle a enlevé ses lunettes de soleil pour me regarder.

Tu es un merveilleux petit garçon jaloux, toi, tu sais.

Ensuite, Manuela m'avait fait la surprise de me donner la chèvre René pour me tenir compagnie. Je l'avais appelée René comme mon grand-père, elle lui ressemblait à cause de sa barbiche. Je lui tenais compagnie moi aussi, je restais debout à côté d'elle quand elle broutait attachée à son piquet au fond du jardin. Je lui parlais et elle se redressait pour m'écouter. Comme elle aimait l'herbe bien verte, je lui avais promis que je l'emmènerais en France, dans le pré derrière chez mon grand-père. Je lui avais promis que Manuela serait d'accord, mais je n'osais pas le lui demander.

6

Place de l'Indépendance. J'ai rendez-vous chez le type. À contrecœur, Licart m'a trouvé l'adresse.

À l'appareil, une voix rapide, coupante.

Vous ne me connaissez pas, mais j'ai des choses à vous dire.

Je sens qu'il va raccrocher.

Je vous en prie, c'est une affaire importante. Accordez-moi le temps de vous l'exposer.

L'homme hésite. Une seconde. J'ai éveillé quelque chose.

Je suis de passage, c'est très important.

Quel genre d'affaire ?

C'est gagné.

Vous ne le regretterez pas.

Tout est bon pour ferrer[56] l'homme.

---

56. Ferrer (n.m.) : *Terme de pêche. Ici : attirer l'attention, susciter l'intérêt.*

Je suis à Dakar pour le voir.

L'appartement est au dernier étage du siège de la BIAO, la Banque internationale d'Afrique de l'Ouest. Une ambiance de boîte de nuit. Lumières tamisées, murs noirs décorés de cornes et de sagaies[57], peaux de zèbre sur le sol, miroirs fumés au plafond, fauteuils panthère.

Une table basse chargée de verres et de bouteilles. Des photos dans des cadres dorés, le type à la pêche au barracuda, au golf, hilare[58] avec d'autres devant la dépouille[59] d'une antilope.

L'homme a vieilli. Toujours bronzé, mais le poil blanchi, le cou maigre et la peau lâche, il me considère à travers la fumée d'un cigarillo. Son regard dément sa désinvolture[60] apparente. L'homme a déjà perdu patience avant même que je n'expose mon «affaire». Il m'interrompt pour appeler son boy, se lève pour répondre au téléphone, me tourne le dos pour se servir un verre.

Et soudain, il coupe court.

Écoutez, les souvenirs ce n'est pas mon truc. Cette femme, ce que vous m'en dites, j'en ai connu pas mal. J'oublie au fur à mesure.

---

57. Sagaie (n.f.): *Grand bâton de bois qui est lancé à la main pour servir d'arme.*
58. Hilare (adj.): *Très joyeux.*
59. Dépouille (n.f.): *Corps mort.*
60. Désinvolture (n.f.): *Détente.*

Il est excédé[61]. *overwrought*

C'est peut-être moi sur cette photo, ces coupures de presse, ça ne veut rien dire, j'ai gagné des trophées, je suis connu, j'ai fait beaucoup de choses.

Et la maison de la plage de Hann ?

Vous me dérangez. Il hausse le ton. Vous êtes chez moi par effraction. Elle est décédée, je suis désolé pour cette dame, mais je n'y peux rien.

Il est brutal, il est odieux[62]. *hateful*

Il a quitté la pièce.

Le boy impassible[63] me raccompagne jusqu'à la porte.

L'épaisse moquette du couloir, l'ascenseur silencieux, l'immense hall de marbre noir. La lumière éblouissante et l'animation de la place de l'Indépendance.

Indifférente, accroupie sur le sol, une marchande de cacahuètes se cure les dents, son bébé endormi sur le dos. Quelle heure est-il ?

Trois heures moins… La femme suppose, un instant distraite de sa rêverie. Elle lui tend deux petits cornets d'arachides roulés dans du papier journal. Donne, patron, 100 francs.

---

61. Excédé (adj.) : *En colère, énervé.* *overwrought*
62. Odieux (adj.) : *Très désagréable.* *hateful*
63. Impassible (adj.) : *Qui ne montre aucune émotion.*

La poussière ronge les buildings, roussit les arbres maigres et les dalles du terre-plein. Seule la chambre de commerce fraîchement repeinte rutile d'une nuance pâtissière. Pris dans l'embouteillage, un taxi pressant klaxonne à sa hauteur.

Sourd et aveugle, il titube.

Qu'est-ce qu'il imaginait ?

L'homme aurait chaleureusement évoqué Manuela. Elle prenait des risques. Elle n'écoutait personne. J'ai bien tenté de la retenir. Le courage, l'indépendance et la beauté. Elle aurait marqué sa vie.

Au lieu de cela, ce carré de trottoir défoncé. Machinalement, il écarte les petits talibés[64] pleins d'espoir qui lui tournent autour. Monsieur, le cirage. Donne les chaussures.

Retourner sur ses pas, casser la gueule de ce sale type.

Au contraire, s'éloigner vite, effacer cette rencontre. Sans se retourner.

La main passée dans ses cheveux trop longs, il a du mal à encaisser. Il s'est battu. Il a raconté leur vie, enfant ce dont il se souvenait. Manuela. Le rouge au front, il a été jusqu'à la décrire. Pour que cet homme sceptique[65] le devienne plus encore. Sa blondeur, sa

---

64. Talibé (n.m.) : *Enfant des rues au Sénégal qui demande du pain pour se nourrir. Est aussi un élève d'un marabout maître d'une confrérie islamique.*
65. Sceptique (adj.) : *Qui doute.*

taille, sa silhouette, sa mère, morte une deuxième fois, de ne pas être identifiée.

En voyant l'homme apparaître, après que le boy l'avait introduit dans son salon vulgaire, un souvenir de la plage de Hann lui était revenu à l'esprit.

Un jour, il avait osé s'approcher d'un petit groupe d'enfants qui jouaient dans le sable sous les filaos. Ils creusaient des tunnels qui communiquaient pour former un réseau souterrain. Les enfants l'avaient accepté et il s'appliquait de bon cœur avec eux. Soudain, ils avaient senti s'animer le sable sous leurs doigts. Une puissance invisible et sifflante se faufilait dans les détours du circuit. Elle était déjà loin quand leurs cris avaient rompu l'effrayant silence.

La gorge sèche, le cœur battant, trébuchant sur chaque mot, il s'était lancé. Quand l'homme avait répondu au téléphone, quand ensuite il s'était entretenu avec son boy, il s'était efforcé de maîtriser son souffle emballé. Et chaque fois il avait repris de plus belle, acharné à tout dire, sans désarmer, jusqu'à la fin.

Il est resté longtemps incertain sur ce bout de trottoir. Avant de se diriger dans la diagonale de la place, vers le cinéma « Le Paris », le temps d'une séance.

Cela n'existe plus, sa mère ici, pour personne. Poussière, sa mère et lui, cela n'existe plus.

7

Elle détestait faire les courses, il n'y avait jamais
grand-chose à manger quand ils habitaient au Point E.
Les boys étaient gentils, mais ils changeaient souvent,
parfois ils restaient avec lui le soir quand elle sortait.

Il se couchait dans son lit pelotonné contre
quelque chose qui sentait son odeur. Il faisait semblant
de dormir quand le boy passait la tête pour lui dire
bonsoir. Certains partaient en le laissant tout seul,
il entendait la clé tourner dans la serrure. D'autres
restaient à boire du thé devant la maison en attendant
qu'elle rentre. Et puis un jour il s'était caché parce
qu'elle sortait tous les soirs et qu'il voulait lui aussi
aller au restaurant. Personne ne l'avait cherché, il
s'était endormi dans le placard. C'étaient des rires et
des exclamations qui l'avaient réveillé. Manuela, avec
un type qui la serrait contre lui, riait de l'avoir déniché
dans sa penderie, blotti au pied des housses en plastique dans lesquelles elle rangeait ses robes. Le type

embrassait sa mère dans le cou et sur les épaules, elle chuchotait, et tous les deux avaient le fou rire. C'est l'homme qui l'avait porté jusqu'à son lit. Manuela tenait leurs deux verres remplis de glaçons.

Quand elle s'était penchée pour le border, il avait ouvert les yeux brusquement et il avait raffermi son regard pour la brûler avec ses yeux ouverts dans le noir. L'homme l'avait reprise par la taille et l'avait entraînée en lui caressant les fesses. Il était resté les yeux grands ouverts, il avait même dormi les yeux ouverts. Cette nuit-là, il avait décidé de dormir les yeux ouverts pour lui faire peur.

Elle l'envoyait quelquefois au bout de la rue faire une petite course chez le bana-bana : du pain, des boîtes de conserve, du lait concentré. S'ils restaient tous les deux le soir à la maison, ils mangeaient des tartines et buvaient du chocolat. Certains boys cuisinaient à l'avance, du riz rouge, du poulet au yassa. Cela ne l'intéressait pas, elle ne mangeait rien, elle surveillait sa ligne. Une petite fille de son école le lui avait glissé à l'oreille, ta mère surveille sa ligne. C'était compliqué à comprendre pour lui, cette ligne que sa mère surveillait dans leur vie.

Il trouvait leur maison trop vide. Sauf la chambre de Manuela. Elle collectionnait des parfums, des foulards, des coquillages et des bijoux qu'elle accrochait sur des branches disposées pour décorer les murs.

Elle s'asseyait pour se maquiller devant une table recouverte d'une longue jupe rose qu'il aimait beaucoup.

Il se cachait dessous quand il était petit et sortait, pour jouer, en aboyant entre ses pieds.

Il y avait souvent des cartons dans cette maison, entassés n'importe comment dans le salon. Manuela tenait un magasin de prêt-à-porter et recevait la marchandise de France. Elle déballait les robes et les chaussures pour faire des essayages avant de les emporter à la boutique. À la fin, les cartons avaient disparu. Elle faisait recopier en ville des modèles de France par des couturières.

À la fin, au lieu d'un boy, c'est une femme qui travaillait chez eux.

Elle avait une chambre dans leur maison. Elle s'appelait Prudence. Elle venait tous les jours le chercher à l'école. Pendant le trajet, il faisait des colères parce qu'elle refusait de porter son cartable. Cela lui était bien égal, elle marchait nonchalamment et le taquinait pour le faire enrager. Quand ils arrivaient devant leur portail, elle le lui prenait des mains pour constater combien il était lourd ce cartable, et combien il était fort le garçon qui a marché tous ces kilomètres depuis l'école pour rapporter son cartable à la maison. Elle riait de malice et cela finissait par l'emporter sur sa mauvaise humeur. Ils faisaient ensuite des découpages ou de la pâtisserie, elle lui montrait comment fabriquer des colliers avec des graines ou des pâtes, il pourrait s'occuper de sa maman aussi bien qu'une petite fille.

44

Manuela aimait beaucoup Prudence, comme une amie. Elle aimait répéter, Prudence ! Prudence… Il les entendait bavarder le soir sur la terrasse, la cigarette de Manuela brillait dans la pénombre.

Prudence était restée avec eux jusqu'au retour en France.

Quand ils étaient revenus à N'gor l'année suivante, Manuela avait dit que Prudence était partie en brousse rendre visite à sa famille. Il avait laissé une carte postale à l'hôtel à son intention. Il avait dessiné un énorme poisson, un poisson-lune. Et il avait écrit avec son écriture toute neuve de l'école de France : Prudence, ce poisson peut devenir une lampe pour faire joli chez toi. Elle n'avait pas répondu et il n'avait plus jamais entendu parler d'elle. Il l'avait oubliée.

Alors, sur cette place de l'Indépendance, à la sortie du cinéma, après cette visite désespérante, il se promet d'essayer de la retrouver. Il a besoin que ce soit maintenant, parce que son chagrin lui mange le cœur depuis qu'il a quitté ce salaud. Prudence les avait connus à Dakar, elle s'en souviendrait. Elle avait bien vu qu'ils avaient existé, elle pourrait le lui dire.

Et puis Prudence les avait aimés, elle aurait de la peine pour Manuela, elle aurait de la peine avec lui. S'il la retrouvait, ils seraient deux. Il pourrait repartir, il aurait passé le témoin, une poignée de cendres, une pincée de sable, des larmes en souvenir.

8

Licart se souvenait parfaitement de Prudence.
Alors oui, celle-là, il s'en souvenait : folle à lier. De la
vermine ! Il avait mis en garde Manuela, la fille lui jetait
de la poudre aux yeux. Comme un serpent cracheur,
exactement, ceux qui crachent leur venin dans les
yeux. On les leurre avec une boucle de ceinture, sinon
terminé. Dans les yeux et c'est la nuit noire. Retrouver
cette sorcière ? Impossible, elle était morte quelque part
dévorée par les chiens.

Par les chiens ? Licart faisait manger des fœtus
de brebis à ses chiens du temps où il avait une exploi-
tation à Bambilor, il se fournissait à l'abattoir[66] sur
la route de Rufisque. Il les récupérait sur les bêtes
que les gars dépeçaient. Il en remplissait des bassines
à l'arrière de sa camionnette. Au retour, c'était la

---

66. Abattoir (n.m.) : *Lieu où on tue les animaux pour les manger.*

curée, les chiens se faufilaient dans le coffre pendant qu'il ouvrait les portières. Ils ne lui laissaient pas le temps de décharger qu'ils étaient déjà dessus. Ils en raffolaient. Il se servait du fouet pour les disperser. Quatorze, mais pas tous en même temps, il avait eu quatorze chiens, jaunes, comme les chiens de ce pays. Et une ménagerie quelque part sur la route du Front de Terre : des poules, des lapins, des biquettes, des oiseaux, un perroquet, une mangouste. Mais aussi des singes, des caméléons, un iguane et même un phaco-chère, tout jeune, qui le suivait partout.

Retrouver cette chienne ! Il en tremblait d'indi-gnation[67].

Je me souvenais que Prudence avait ses humeurs. Elle était absente quelquefois, son visage se fermait et ses yeux se tournaient vers l'intérieur. J'avais beau lui jeter mes affaires à la tête, chercher à la griffer, lui crier des gros mots, elle restait impassible. Elle me disait : Tais-toi, tu ne m'es rien. Tu n'es rien pour moi. Vaincu, je m'éloignais rageur et désespéré. Et puis tout semblait oublié, elle entrait dans ma chambre avec une chanson agaçante. Qui va nourrir l'asticot qui vit là-dedans ? Elle montrait mon estomac, l'asticot qui vit là-dedans. La crise était passée, je descendais sur ses talons manger

---

67. Indignation (n.f.) : *Sentiment de colère et de mépris.*

le riz de mon dîner en gonflant les joues comme Bouki l'hyène dans l'histoire qu'elle me racontait. L'histoire de Bouki l'hyène repérée par sa gloutonnerie[68] alors qu'elle s'était glissée clandestinement à la table des aveugles, dans le ventre de leur baobab.

Retrouver Prudence semblait perdu d'avance. Mais cette idée me permettait de rester. J'avais encore besoin de temps à Dakar. Depuis mon arrivée, je cherchais à refermer le poing sur des souvenirs qui me filaient comme du sable entre les doigts. Prudence réapparue, je tenais de nouveau un but. Retrouver Prudence. Elle incarnait désormais tout entière notre passage sur cette terre.

Ici, en rêve, par des chemins de traverse, les hommes se parlent et soufflent des messages. Les songes des hommes cheminent de village en village. Il suffit d'attendre, assis sous l'arbre que choisiront un jour, quand le soleil de midi cerne de sang le contour des choses, les âmes, les djinns[69] et les sorciers qui parcourent la savane. Il suffit de les attendre, sous l'arbre qu'ils choisiront pour pincer la kora[70]. Sous l'arbre sur lequel ils se seront perchés pour exaucer un vœu.

---

68. Gloutonnerie (n.f.): *Manière de manger de manière trop rapide et avide.*
69. Djinn (n.m.): *En arabe : génie, esprit ou démon.*
70. Kora (n.f.): *Instrument de musique de la famille des harpes africaines.*

Il s'installa en ville au-dessus du supermarché «le Ranch Filfili», dans un appartement de passage pour petit homme d'affaires. Il pensait se laisser guider par le hasard des rencontres, et prit la décision de n'en prendre aucune, chaque matin il se lèverait, se disant qu'aujourd'hui, quelque chose, quelqu'un ferait progresser sa recherche.

Le matin du premier jour, il resta cloué au lit, le corps sec et brûlant, la tête pleine d'images surexposées. Des djinns tournaient vers lui des figures grimaçantes, exhibant des dents taillées en triangle qui laissaient filer une salive argentée. Il rêvait que toutes les deux lui faisaient signe, depuis l'autre rive. Manuela, Prudence, ensemble sur l'autre rive, tandis qu'il demeurait seul ici-bas.

Trois jours passés, la fièvre se retira, le laissant affaibli mais lucide. Euphorique[71] sans qu'il se l'explique, il sortit. L'air encore vif de la matinée, l'ombre fraîche des gros arbres rugueux de l'avenue de la République, les gardes rouges au loin campés devant les grilles dorées du palais présidentiel, le calme industrieux de cette heure matinale, tout concourait à raffermir sa confiance et la conviction qu'il allait au-devant de quelque chose de décisif.

---

71. Euphorique (adj.) : *Très joyeux.*

Il remonta jusqu'à la cathédrale, puis s'engagea dans l'avenue Lamine Gueye. Attiré par la foule qui s'y pressait, il prit la direction du marché Sandaga, un vestige d'architecture néosoudanaise autour duquel s'agglomérait un labyrinthe d'étals multicolores. Il s'enfonça dans une rue bourdonnant du zèle des machines à coudre, indifférent aux sollicitations volubiles des brodeurs, il se faufilait entre les boubous[72] éclatants déployés jusqu'au milieu de la chaussée. Il se perdit ensuite dans un dédale de courettes, de basses-cours, déambulant le long de boutiques de fortune, de toiles cirées, de roues de bicyclette, de matelas de mousse.

La matinée avançait et le soleil diffusait maintenant un voile de chaleur terne tandis que la ville devenait poussiéreuse et bruyante. Fatigué, en sueur, il fit halte à l'ombre d'un auvent[73] de tôle ondulée à côté d'une femme accroupie qui vendait des salades, des herbes et des petits légumes. Il goûtait la fraîcheur de ce modeste éventaire quand il s'aperçut qu'un homme d'allure distinguée se dirigeait vers lui.

Marchant à côté de sa bicyclette, vêtu d'un costume beige, portant toque[74] d'astrakan[75] et fines lunettes à monture d'écaille, un homme s'approchait de lui sans le quitter des yeux.

---

72. Boubou (n.m.): *Longue tunique, robe africaine.*
73. Auvent (n.m.): *Petit toit qui dépasse.*
74. Toque (n.f.): *Chapeau rond et sans bords.*
75. Astrakan (n.m): *Fourrure bouclée d'agneau.*

Arrivé à portée de voix, celui-ci ôta sa toque, découvrant un crâne parfaitement lisse, et s'inclina légèrement.

Bonjour monsieur, excusez-moi de vous importuner, pardonnez-moi si je faisais erreur, seriez-vous par hasard le fils de madame Manuela ?

Une clarté noire fondit sur moi, éblouissante. De gros bourdons bouchonnaient sous mon crâne, butaient contre mes dents, contre mes tympans, cognaient dans ma poitrine.

Je hochais la tête.

Et comment se porte madame Manuela ?

Souriant, l'homme attendait que je reprenne mes esprits.

Elle est… Ma mère est…

Je pressais ma langue contre mes lèvres desséchées. *He's Alone*

Ma mère est décédée, je suis seul ici.

L'homme exprima une grande consternation quand il comprit le sens de mes paroles.

C'est un grand malheur ! Ah ! Il avait blêmi, sa toque à la main, le visage incliné vers le sol, il reprenait pour lui-même. Ah ! C'est un grand malheur ! Un grand malheur ! Ah !

Il s'appelait Thierno. Il était guinéen et avait été boy chez nos voisins du Point E. Ma mère lui avait donné la chèvre quand nous avions quitté Dakar. Ils avaient correspondu, elle lui avait donné de l'argent

Thierno

pour sa famille. Elle lui envoyait des photos, de nous, de moi. Il lui était reconnaissant, il m'avait reconnu.

Il interpella un passant qui l'interrogeait du regard et une conversation animée s'ensuivit, en wolof, mêlant le passant, la marchande de quatre-saisons, un bana-bana qui somnolait jusqu'alors, un vieil homme assis non loin crochetant son chapelet, un motocycliste arrêté à notre hauteur. Tous me dévisageaient en souriant. La marchande, un bâtonnet entre les dents, ponctuait de rires brefs les informations qui circulaient parmi le groupe, auquel s'étaient mêlés les visages réjouis de petits enfants curieux.

Le motocycliste prit la parole en désignant Thierno.

Il dit que tu dois aller chez lui. Il va te présenter sa famille.

Thierno hochait la tête avec bonhomie, confirmant cette invitation.

Il va envoyer son neveu te guider. Il faut dire au taximan, Sicap Liberté, il va te déposer devant le stade. Son neveu sera là, il va te guider.

9

La maison du point E. Les voisins.

Le trésor.

Avec la petite fille des voisins, ils avaient enterré un trésor dans le jardin de la maison du Point E.

Un buste de femme offert à Manuela par un ami de passage. Une grande statue en bois rouge achetée au village artisanal de Soumbédioune. Pommettes obliques, paupières étirées au pinceau vers les tempes, un buste grandeur nature à la poitrine vernissée[76]. Manuela qualifiait cette statue d'«horreur de la guerre» et l'avait abandonnée dans le garage, sur une cantine remplie de peluches, de coupons de tissu et de vieilles choses de France. Casée là, derrière les outils de jardinage et quelques meubles abîmés.

---

76. Vernissé (adj.) : *Couvert de vernis, brillant.*

Ils l'avaient récupérée en douce[77], ils étaient petits, mais à deux en la couchant sur le dos, ils étaient arrivés à la porter jusqu'à la tombe. Cela avait été lourd et difficile. La statue heurtait leurs cuisses et leurs genoux, elle leur glissait des mains. Ils avaient dû faire halte souvent. Ils creusaient depuis plusieurs jours en cachette, un puits très profond pour l'ensevelir. Ils voulaient l'enterrer debout, comme une déesse préhistorique. C'était leur idée d'enterrer cette statue, pour tromper les archéologues qui la trouveraient dans des milliers d'années. Il leur fallait aussi respecter le rituel des funérailles. Ils ne connaissaient pas ce mot à l'époque, il s'agissait pour eux de l'enterrer selon ce qu'ils imaginaient des coutumes préhistoriques, comme le feraient les Indiens d'Amazonie.

En France, un été pendant les vacances, il avait visité un cimetière avec Manuela. Regarde comme c'est beau ! Toutes ces petites maisons en forme d'église, couvertes de fleurs, avec dedans des vieux messieurs qui ont fait la guerre et des vieilles dames très vieilles. Regarde comme c'est beau ! On aurait pu jouer avec d'autres enfants dans ces allées comme dans une ville à leur taille. Malheureusement, il n'y avait jamais d'autres enfants avec eux. Il se sentait bien seul, sa petite main dans celle de Manuela qui marchait sur le gravier en

77. En douce (loc.) : *Faire quelque chose sans que personne ne voie, en cachette.*

se tordant les chevilles sur ses hauts talons. Elle l'avait regardé en souriant : J'adore cet endroit, on est bien tous les deux, c'est tellement beau toutes ces fleurs ! Tu vois, tous ces gens qui dorment sous la terre sont au ciel, ils nous regardent et ils nous aiment. Tu sens comme ils nous aiment ?

Ces jours-ci, en allant en ville par la corniche, il a reconnu le cimetière de Soumbédioune.

Les charognards[78] criaient en tournant au-dessus des filaos. Au crépuscule, quand l'horizon s'empourpre et qu'une nuée grise s'élève lentement sur l'océan, les charognards tournoient de plus en plus nombreux. Autrefois, il croyait qu'ils déterraient les morts. Les pêcheurs recouvrent le sable de filets pour protéger les tombes, mais les oiseaux ont des becs et des serres qui déchirent les mailles. Tous les soirs, ils remontent du large, depuis l'île aux Serpent, et tournent sans fin dans le ciel qui rougeoie jusqu'au noir.

Pendant ce temps de l'autre côté du village artisanal, les pirogues rentrent au port, pleines de leur journée de pêche. Lourdes et puissantes, elles s'encastrent sur le rivage, propulsées par l'écume tiède qui frise sur le sable mouillé. Sur la chaussée, le long de la plage, il se forme un méli-mélo d'embouteillages.

---

78. Charognard (n.m.) : *Oiseau qui mange des cadavres, des animaux morts.*

La mer est belle, la lumière est d'or, la vie bat son plein par ici.

Il s'agissait de mettre au plus profond de la terre une statue grossière produite en série pour les touristes. Une déesse de la fécondité, avec de très gros seins, une princesse bantoue[79], Fanta, la fiancée du guerrier sans cicatrice. La petite fille lui avait raconté quelque chose en secret sur les femmes d'ici. Elles pressent des cous-cous contre leurs poitrines. Ce sont des petites bêtes très méchantes qui vivent dans des pièges qu'elles tendent dans les chemins. Tapis au creux d'un entonnoir de sable, les cous-cous attendent qu'un insecte glisse à l'intérieur pour s'en emparer de leurs pinces acérées. Les filles leur font mordre le bout de leur poitrine pour faire pousser leurs seins.

Eh bien lui, il connaissait les piss-piss. Sur la plage de Hann, quand il descendait de la maison du type, il en voyait qui traînaient sur les algues, on les écrase avec le pied et ça fait gicler toute l'eau qu'elles contiennent. Tout le monde connaît, à Hann.

Il connaissait aussi les crams-crams, des petites boules d'épines qui vivent dans les herbes sèches et qui s'accrochent aux habits. La petite fille aussi connaissait très bien, parce que ça s'accroche aux cheveux et même

---

79. Bantoue (adj.) : *Qui appartient au peuple d'ouest en est du Gabon aux Comores et du nord au sud du Soudan à la Namibie.*

que le soir, on doit les enlever pour ne pas avoir des nœuds.

Ils avaient passé un collier autour du cou de la statue, avec des écritures inventées tracées au charbon sur des feuilles roulées comme du parchemin, il fallait faire croire aux archéologues que la déesse était un vestige très important. Et aussi dérouter les Martiens quand ils viendraient dans cent millions d'années. Dans le trou, ils avaient disposé des cailloux, du verre et des petits ossements de lézard ou peut-être de chat. De chat sacré, un chat égyptien qui avait été enterré vivant avec la déesse pour la servir pendant sa mort.

La femme nous regardait quand nous l'avons enfoncée dans le trou, elle nous regardait de ses grands yeux vides, à fleur de la terre noire de ce coin d'ombre du jardin. Elle nous regardait et nous étions découragés, nous n'avions pas creusé assez profond, mais maintenant il fallait faire vite. Creuser encore, et enfoncer la statue à coups de pelle. Piétiner la terre fraîche, pour ne plus sentir sous nos sandales les anneaux rigides de sa coiffure. Voilà. Sur le sol remué, disposer un repère[80] secret, invisible aux autres humains, jusqu'à l'heure de la révélation, l'heure des extraterrestres ou des rayons X. Trois cailloux en triangle, au centre une capsule de Fanta ; graves et

---

80. Repère (n.m.) : *Marque qui permet de retrouver un lieu.*

recueillis, nous avions ensuite dispersé sur la tombe des pétales de lauriers-roses parfumés dont nous avions rempli nos poches.

La petite fille. L'image ondulait, un vertige me brouillait l'esprit. Je me rappelais l'avoir aperçue un jour, cette petite fille, depuis une voiture, marchant sur un trottoir de la Gueule-Tapée. Harcelée par une dizaine d'écoliers africains, elle titubait toute seule au milieu des enfants. J'avais bien vu qu'elle pleurait parce qu'elle avait les poings sur les yeux. Je l'avais reconnue grâce au tablier bleu de son école, sans en être tout à fait sûr. J'avais bien cru la reconnaître, sur ce trottoir où personne n'allait jamais.

10

Elle habitait à côté de chez eux, cette petite fille. Ils avaient fait connaissance grâce à sa chèvre. Au début, elle l'observait en silence à travers la haie qui séparait leurs maisons.

Il se souvenait d'elle, depuis qu'il avait rencontré Thierno.

Mais comment ce Thierno providentiel avait-il pu mettre un nom sur son visage ? Ce mystère tour à tour le ravissait et l'inquiétait. Le souvenir que cet homme avait de sa mère était tel qu'il avait reconnu son fils à partir des photos qu'elle lui avait envoyées de loin en loin. À la campagne chez son grand-père, debout contre la barrière. Assis à côté d'elle, souriant sur un canapé. Un anniversaire. Son image enfant, adolescent et puis plus rien. Plus de nouvelles, mais son visage gravé dans la mémoire de Thierno. Au point d'être reconnu par hasard. Ah ! L'Afrique, c'est comme ça !

Une bien grosse ficelle, pour un mauvais coup. Il s'agissait sûrement d'une mise en scène, on l'avait repéré, on l'avait suivi, on lui tendait un piège. Il aurait dû demander des preuves avant d'accepter cette invitation. Et puis il reprenait confiance. Inch'Allah. C'est alors que l'envahissait la sensation d'être, lui, l'imposteur[81]. Il appréhendait de décevoir. Pâle résidu dans le sillage d'une telle femme.

Il demeurait prostré des heures sur son balcon, perdu dans la contemplation du feuillage serré des gros arbres de l'avenue de la République. Des grappes de minuscules fruits jaunes distillaient une odeur fade qui le prenait à la gorge. Il fumait, errant dans ses hypothèses, nourrissant son anxiété qui de rôdeuse était devenue dévorante. Ils l'avaient pris dans leur toile, ils attendaient dans les coins qu'il soit mûr. Il avait peur.

Il avait côtoyé un fou l'autre jour pendant l'une de ses promenades, un fou qui s'était brusquement dressé nu à ses côtés, le corps entortillé dans une création brinquebalante[82] de ferrailles et de débris. Le fou l'avait dévisagé les yeux luisant d'une forme de curiosité, les lèvres entrouvertes en une grimace de malice. Il haletait légèrement et paraissait impatient

---

81. Imposteur (n.m.): *Personne qui cherche à tromper en se faisant passer pour quelqu'un d'autre.*
82. Brinquebalante (adj.): *Qui est secoué de partout, qui oscille.*

de recevoir quelque chose de lui, ce fou grillait d'envie de quelque chose. Il apercevait sa langue rose entre ses dents pointues.

Ils avaient échangé un regard et, en effet, quelque chose avait circulé.

Si tu parles avec un fou, tu deviens fou toi aussi. Ah! C'est comme ça! Manuela aimait ce dicton, il l'avait entendue souvent le dire, en prenant pour rire l'accent sénégalais.

Et si tu le regardes? Tu deviens fou, toi aussi? Bien sûr qu'il était fou d'échafauder tous ces scénarios.

Thierno. Il avait désespéré de faire une telle rencontre, et maintenant qu'elle avait eu lieu, il était paralysé.

Il se remémorait son passage au Point E avec Laetitia, en 1990. Cette horrible journée. Cette claque. Cette violence surgie sans qu'il ne la maîtrise. Surgie de son désespoir d'alors. Manuela aurait dû être là avec lui, c'est elle qu'il aurait voulu retrouver en rentrant au Point E. Il aurait dû rentrer à la maison et retrouver Manuela qui se faisait les ongles. Elle aurait posé sur son nez un doigt à l'extrémité éclatante. Elle aurait soufflé sur ses cheveux et embrassé son front. Il aurait posé une main sur son épaule bronzée pour se hisser jusqu'à sa joue qu'il aurait embrassée avec ferveur, respirant dans ses cheveux le parfum sucré du tiaré.

Mais c'est Laetitia qui l'attendait avec sa mine de travers et ses récriminations[83]. Il aurait voulu la faire disparaître, l'écraser comme un moustique sur le mur de la chambre, tachant d'une goutte de sang le papier peint douteux. Après cette claque qui le mortifiait encore aujourd'hui, avide d'en découdre, elle avait cherché la bagarre. À l'inverse, il s'était efforcé de laisser le blanc et le vague envahir son cerveau pour ne plus rien ressentir, pour anesthésier[84] son chagrin.

Il lui avait tendu la main pour qu'elle cesse de trébucher sur la route qui les conduisait à la station-service. C'est ainsi que leurs mains jointes, ils avaient franchi les derniers mètres qui les séparaient de la lumière. Quand ils étaient revenus dans leur chambre, ils avaient laissé la pénombre de la pièce s'éclaircir à mesure que leurs yeux s'y accoutumaient, ils s'étaient déshabillés en silence, frottant leurs peaux nues l'une contre l'autre, acharnés à perdre les contours de leurs corps pour ne plus former qu'une seule matière chaude et vivante qui les tiendrait à l'abri de la réalité.

Il se souvenait de cette claque et du souffle qui s'était emparé de ses muscles et de ses tendons. Il avait disposé d'une machine puissante au service d'une violence qui l'avait aspiré. En se retirant, elle avait laissé

---

83. Récrimination (n.f.): *Reproche pour faire honte à quelqu'un qui a mal agi.*
84. Anesthésier (v.): *Atténuer, rendre moins douloureux.*

place à l'homme embarrassé, cet homme absent qu'il était devenu au fil des années. Cherchant une part de lui-même dans les limbes de la fumée d'une cigarette, aspirant à l'azur de l'existence en écoutant gronder en lui l'écho de sa peur.

Il se résolut à accepter l'invitation de Thierno. Depuis leur rencontre, cet homme avait retrouvé sa place dans ses souvenirs, un cadre et presque un visage. Il lui avait raccroché la petite fille, ses nattes, la statue sacrée. Au pire, il risquait sa vie – et peu lui importait, il en avait convenu depuis son balcon solitaire. Au mieux, il recueillerait un peu de celle de Manuela réanimée par les souvenirs de cet homme. D'elle ainsi, au mieux, il aurait des nouvelles.

11

Thierno travaillait chez les Maréchal. Leur petite fille me regardait sans rien dire à travers la haie qui séparait nos maisons. Je faisais semblant d'être absorbé pour cacher ma timidité. Et puis je l'épiais à mon tour. Elle me faisait des grimaces quand elle me surprenait, et elle m'appelait la Chèvre à cause de René, la Chèvre, psst, la Chèvre. Prudence avait repéré mon manège et me taquinait. Je n'osais plus lever les yeux quand je sortais dans le jardin. Mais en même temps, j'étais déçu si elle ne se montrait pas.

Elle s'appelle comment, ta chèvre ?

J'avais sursauté de l'entendre juste derrière moi. Pourquoi était-elle entrée ? Et comment ?

Vas-y, chasse-moi. Essaye. Je partirai quand je veux, si je veux. Elle m'avait montré la haie de bougainvillées, fleurie en haut mais clairsemée au pied, renforcée de grillage par endroits.

Tu me prêteras ta chèvre un jour ? On dirait un monsieur.

Un monsieur, ils en ont vu un.

Ils en ont vu un assis dans le petit baobab au fond du jardin.

Un terrain pierreux où cohabitaient paisiblement quelques espèces d'arbres. Un filao, deux ou trois flamboyants maigres et le petit baobab gris comme un éléphanteau. Il était leur ami, un enfant comme eux. Mais Prudence les avait mis en garde, un jour elle avait vu un monsieur en grand boubou assis dans le petit baobab. Un monsieur qui portait des lunettes noires, un grand sac en bandoulière, une belle montre en or et un keffieh rouge. Il balançait ses chaussures au bout de ses doigts de pied. Un monsieur très léger, Prudence avait bien vu qu'il flottait entre les branches du petit arbre pour ne pas lui faire mal. Il l'attendait depuis le début de la matinée et elle l'avait aperçu en allant étendre le linge. Il l'avait appelé comme ça : Prudence, Prudence, viens, ma fille ! Viens par ici, j'ai quelque chose à te montrer dans ma sacoche. Approche, ma fille, approche du petit baobab qui grandit au fond du jardin ! Prudence avait eu très peur : Mo-yen ! La peur de sa vie.

Le petit baobab paraissait bien embêté, il restait tout à fait immobile, sauf le bout de ses petites feuilles qui remuait gentiment. Un monsieur s'était assis sur lui, qui attirait les gens pour leur manger la cervelle.

Prudence nous avait prévenus. Son père, un jour en rentrant de son champ, en avait rencontré un qui l'attendait assis dans un manguier, avec des lunettes noires et une voix de griot. Le père de Prudence n'avait plus jamais parlé, ni à elle ni à personne, après qu'il eut croisé ce monsieur-là au retour du champ.

Mais pour nous, c'était différent et nous le savions bien. Comme nous étions de France, nous les petits toubabs, ce monsieur ne pourrait pas sucer notre cerveau, c'était interdit par notre président.

Et puis le monsieur est venu un après-midi.

Tous les oiseaux avaient fait silence. Nous étions en train de jouer dans la maison quand nous avons entendu de l'agitation dans les arbres, une tempête dans le jardin, suivie par ce grand silence. Nous sommes sortis pour voir et depuis la terrasse nous avons aperçu quelque chose qui brillait dans le petit baobab. Derrière lui le ciel était très sombre, presque noir au fond du jardin.

Nous avons compris qu'il était là et qu'il allait nous appeler. Sa voix a traversé les airs pour nous entrer dans les oreilles. Sa voix cherchait à s'introduire dans notre cerveau. Elle voulait l'aspirer pour le ranger dans sa sacoche avec tous les cerveaux des gens qui s'étaient laissé prendre. La voix disait que les petits toubabs comme nous n'étaient pas pour le président de la France. Mais que ces petits toubabs-gâtés-là, ils étaient pour lui le monsieur, pour qu'il les aspire jusqu'au trognon de leur cerveau. Pour qu'il ne leur laisse plus qu'une tête comme une gourde vide avec deux gros yeux transparents et une grosse bouche gonflée.

Ils avaient pensé qu'ils mourraient, mais ils avaient réussi à courir jusqu'à sa maison à elle, pour se mettre à l'abri. Ils avaient traversé la haie par-dessous en se griffant dans le grillage et en déchirant leurs habits, elle d'abord et lui en même temps, en criant d'affolement. Ils s'étaient réfugiés sous l'escalier dans le placard qui leur servait quelquefois de cachette. Et ils n'avaient plus bougé. Enfermés dans le noir, ils avaient claqué la porte sur eux et quand ils avaient osé se parler à voix basse, ils avaient décidé de rester là jusqu'à ce qu'ils soient grands, assez grands et assez forts pour se protéger du monsieur.

Des jours et des nuits, le temps qu'il faudrait.

Ils pleuraient un peu et ils avaient très soif. Leurs yeux se sont habitués à voir les formes. Ils pouvaient allonger leurs jambes. Ils ont fait pipi dans une serpillière qui était rangée par terre. Ils ont trouvé des bouteilles. Elle craignait que ce soit de l'eau de Javel parce que sa mère rangeait les produits de ménage dans ce placard. Du papier toilette, du cirage et des chiffons, des boîtes de conserve, des paquets de biscottes et du Schweppes. Ils ont réussi à casser le goulot d'une bouteille sur le carrelage du sol, il était pressé de boire et cela lui a fait mal parce qu'il s'est piqué sur le verre.

Alors ils ont versé le Schweppes dans le couvercle du cirage. Ils n'osaient plus bouger parce que c'était tout mouillé et qu'il y avait maintenant du verre partout dans la cachette. Elle aussi s'était fait mal à la bouche, elle sentait du sang sur sa figure. Il avait très mal à cause des écorchures qu'il s'était faites en traversant le grillage de la haie. Ils avaient très envie de faire caca et ils avaient peur.

Parce que le monsieur qui voulait les sucer par les trous des oreilles avait transformé leurs parents en grosses têtes gonflées qui les appelaient maintenant en imitant leur voix.

Ils n'osaient presque plus respirer de peur d'être découverts. Ils pleuraient en silence assis l'un à côté de l'autre, de douleur et d'angoisse.

Tiiii! Brutalement la porte s'était ouverte en les aveuglant de lumière. Arrachés à leur cachette, soulevés dans les airs, dans des bras d'adultes effarés, séparés l'un de l'autre, emportés à la maison.

Baigné, changé, empaqueté dans son lit tout propre, Manuela penchée sur lui, le front tendu, les yeux douloureux répétant sans s'arrêter mon amour mon amour mon amour. Et lui, muet, incapable d'expliquer, de dire, plus une phrase, plus un mot, ni pour elle, ni pour personne.

12

C'est Thierno qui les a retrouvés, c'était facile, ils n'étaient pas loin. Il les a retrouvés par hasard en ouvrant le placard sous l'escalier de la maison des Maréchal, il les a trouvés là. Tiiii! Tout ce sang sur les enfants. Toutes les bouteilles renversées, ils avaient mangé du cirage, ils avaient pissé partout, ils avaient tout cassé. Tiiii! Les petits enfants là-dedans, ah! ces petits enfants-là!

Prudence avait dit les avoir vus sortir par le fond du jardin. On les a cherchés, cherchés l'après-midi jusqu'au soir, dans le quartier, dans les terrains vagues, dans les maisons en construction. Le pauvre papa de la petite avec sa lampe de poche, il appelait, il appelait, il s'arrêtait pour prier, il disait Thierno si on les retrouve, je te jure que je t'emmène en France avec nous. Il pleurait, le pauvre, en appelant sa petite.

Madame Manuela a quitté Dakar après ça, ils sont partis en France, c'est comme ça qu'elle lui a donné la chèvre. Le petit garçon ne parlait plus.

Je me concentre, mais je ne saisis pas ce que Thierno raconte. Au-dessus de sa tête, une tapisserie brochée de fils d'or et d'argent illustre les hauts faits du héros Lat Dior. Un cavalier de blanc vêtu brandit un cimeterre qui se détache sur un ciel de velours.

Ils ont cherché dans les terrains vagues et les chantiers, ils ont cherché dans le noir avec les gardiens du quartier, ils sont allés du côté de la décharge[85], au cas où les enfants seraient tombés dans les ordures.

Quand la nuit est venue, elle s'est mise à crier, crier, elle criait dans sa maison, on mettait les mains sur les oreilles pour ne pas entendre madame Manuela qui criait.

On a frappé aux portes de toutes les maisons du quartier, elle disait qu'on lui avait pris son garçon. L'autre maman restait tranquille, elle était toute blanche, elle ne bougeait plus. Quand le papa est revenu, ils ont attendu, attendu tous les trois chez madame Manuela que les gardiens de la rue fassent encore un tour. À la fin, la police a dit qu'on continuerait demain, mais madame Manuela, elle criait qu'elle allait mourir d'attendre demain.

---

85. Décharge (n.f.) : *Lieu extérieur où on jette les choses.*

La maman est restée avec elle, pendant que monsieur Maréchal repartait à la police. Les gens passaient prendre des nouvelles des enfants qui avaient disparu. Madame Manuela a réussi à dormir un peu, mais quand elle s'est réveillée elle a recommencé à crier, la pauvre, dans sa maison. Personne n'arrivait à la calmer et elle a dit qu'elle se tuerait si elle devait passer encore une nuit sans son fils.

C'est à ce moment-là que Thierno a trouvé les enfants, dans la réserve[86]. Il allait chercher des boissons pour tous ces gens qui venaient en visite. Tout le monde pleurait, les enfants étaient tout barbouillés[87]. La petite était malade et le petit n'a plus parlé comme avant. Il ne parlait plus et il était toujours tout blanc. Blanc comme cela.

Thierno montre la porte de son frigidaire, un énorme frigidaire au milieu de la pièce.

J'avais oublié que j'avais arrêté de parler.

Les affaires de madame Manuela ne marchaient plus comme avant, alors avec le petit qui ne parlait plus, elle a décidé de partir. Ses patrons à lui étaient fâchés et les enfants n'avaient plus le droit de se voir. Madame

---

86. Réserve (n.f.) : *Petite pièce ou grand placard dans la maison où on met des aliments, souvent des conserves.*
87. Barbouillé (adj.) : *Sali.*

Manuela n'était pas d'accord. Elle lui a dit un jour, toi Thierno, tu sais que ce n'est pas de ma faute si les enfants ont disparu, tu sais que je fais de mon mieux. Tu es un homme bien, tu sais que j'ai du courage et que j'aime mon fils. Mais ses patrons secouaient la tête parce que, pardon de le répéter, cette femme vivait n'importe comment et voilà le résultat. Ils sont rentrés en France aussi, c'était compliqué pour tout le monde, eux, c'était la petite qui avait la fièvre.

La police n'a pas retrouvé Prudence. Ils voulaient l'interroger, si elle n'avait pas menti on n'aurait pas perdu tout ce temps.

Elle les avait vus sortir du jardin par la porte du fond. Elle les a vus s'enfuir, il n'y avait que la chèvre et elle pour les voir. Elle a vu les enfants quand ils ont refermé la porte, le temps de courir au fond du terrain, il n'y avait plus personne. Elle était sûre qu'ils seraient juste derrière prêts à sauter sur elle, avec leurs déguisements[88] et leur petit panier. Derrière la porte, elle n'a trouvé personne, mais elle les a entendus se moquer d'elle.

Elle n'a plus trouvé ça drôle, elle leur a crié de rentrer, que leur papa et leurs mamans allaient se fâcher. Alors, elle a compris qu'ils étaient déjà très loin, qu'ils couraient vers la maison en construction derrière chez les Maréchal. Elle a crié cette fois-ci qu'elle allait chercher

---

88. Déguisement (n.m.): *Habit pour aller à un carnaval, pour ne pas être reconnu.*

leurs parents et c'est comme ça qu'elle est rentrée prévenir madame Manuela. Elle a raconté comment ils avaient voulu la faire enrager[89] en sortant du jardin pour se cacher derrière la porte du fond. Monsieur Maréchal était vraiment fâché, il a dit qu'il voulait une punition mémorable, mais madame Manuela se faisait déjà du souci. Elle commençait à pleurer, elle a répondu qu'elle était contre ces méthodes de brute[90]. Madame Maréchal les a calmés, mais ils étaient tous tellement inquiets avec la nuit qui approchait qu'il n'était plus question de punition.

Prudence a dit encore qu'elle ne savait pas ce qu'il y avait dans le panier, mais qu'ils avaient sûrement manigancé[91] quelque chose. Elle pleurait comme les autres, elle disait qu'elle aurait dû prévenir les parents que les enfants préparaient quelque chose, elle avait peur de les faire gronder. C'était de sa faute s'ils avaient fini par s'enfuir, elle avait été imprudente. Elles se tenaient les mains avec madame Manuela, pour se donner du courage.

Personne ne l'a vue s'en aller. Quand on a retrouvé les enfants à l'intérieur de la maison, on s'est posé des questions. Mais elle s'était envolée, la Prudence.

C'était pas de sa faute à madame Manuela, c'est ce que Thierno avait dit à monsieur Maréchal. Une femme seule, c'est plus facile de la tromper. Mais il avait

---

89. Enrager (v.) : *Être très en colère.*
90. Brute (n.f.) : *Personne qui est trop violente et grossière.*
91. Manigancer (v.) : *Agir de manière secrète et suspecte.*

eu trop peur, il n'avait pas de pitié. La petite est partie en France avec sa maman pour soigner la fièvre, il est resté tout seul. Quand il rencontrait madame Manuela, il détournait la tête. Ils ont duré un mois, deux mois et madame Manuela a mis toutes ses affaires dans des cantines[92] et elle a quitté. C'était en juin 1973. Les Maréchal aussi ne sont pas revenus après l'hivernage.

Après ça, la vie a continué, Inch'Allah !

La vie continue, Inch'Allah !

Tout s'emmêle[93]. L'histoire de Thierno m'arrache les idées et me comprime les tempes.

Je me souviens maintenant que j'avais arrêté de parler.

J'ai recommencé à parler en France, pendant l'été chez mon grand-père. Je me souviens que je parlais dans ma tête à la chèvre René que j'avais laissée à Dakar. Et puis un soir, pendant le dîner, cela m'est sorti de la bouche, quand le train orange est passé au fond du jardin. J'ai dit : Tu sais, Papi, j'ai une chèvre à ma maison du Point E. Il a dit : Alors ça par exemple, et comment elle s'appelle ? Je ne pouvais pas lui dire que j'avais donné son prénom à une chèvre. Alors j'ai menti, j'ai dit : Prudence. Elle s'appelle Prudence.

---

92. Cantine (n.f.) : *Petite malle, petite valise.*
93. S'emmêler (v.) : *Se mélanger.*

13

Licart. J'ai atterri chez lui. J'avais besoin de quelqu'un.

Il était mon point de chute, mon premier témoin.

Licart, le vieux toubab surtout préoccupé de sa nostalgie[94]. La belle image, les formules toutes faites. Le regard distrait, quand je m'aventure dans ma propre histoire. Licart qui veut bien ressasser ce qui lui plaît et qu'au fond, j'indiffère.

J'ai atterri chez lui pourtant. Une bière. Une Flag et je pourrais me calmer un peu.

On l'a envoyé chercher quand le taxi s'est arrêté devant sa maison, au bout de l'autoroute, dans une rue sableuse de Pikine. L'un des gamins accourus est entré dans la cour en faisant grincer la tôle du portail empêtré[95] dans un bougainvillier poussiéreux. Une

---

94. Nostalgie (n.f.): *Sentiment triste sur le passé, sur le fait de n'avoir pas fait quelque chose ou d'avoir fait quelque chose.*
95. Empêtrer (v.): *Gêné, enfoncé.*

fille revêche[96] est apparue. Sa fille ? Métisse habillée à l'européenne, une jupe très courte, les cheveux tirés en arrière, les sourcils très épilés.

Tu viens pour le vieux ?

Je l'ai suivie dans la cour avant qu'elle ne disparaisse derrière un pagne[97] sale accroché de guingois[98] à l'entrée d'une pièce sombre. Le sable autour de moi était jonché[99] d'ustensiles. Deux chatons se faufilèrent prestement derrière une cuvette renversée.

La fille a ressurgi. Il vient ! Puis a jeté brutalement quelques mots de wolof en direction du pagne. Hagard[100], rajustant sa chemise, Licart s'est montré finalement. Vous auriez dû vous annoncer. Il fallait prévenir.

On est loin de la belle image.

Cet intérieur négligé, cette fille brusque ne font pas partie du tableau qu'il compose au fil de nos rendez-vous. Mais je ne peux pas m'en aller. Pas tout de suite. Une pause, une bière. Tant pis pour lui.

Il a dû s'arranger à la hâte quand la fille l'a appelé, de peur sans doute qu'elle ne le rudoie[101] devant moi. Elle s'occupe d'envoyer un gamin chercher des bières.

---

96. Revêche (adj.) : *Qui n'a pas un caractère facile, qui n'est pas très agréable.*
97. Pagne (n.m.) : *Tissu qui enveloppe le corps de la ceinture aux genoux.*
98. De guingois (loc. adv.) : *De travers.*
99. Jonché (adj.) : *Couvert.*
100. Hagard (adj.) : *Qui a l'air troublé, stupéfait.*
101. Rudoyer (v.) : *Traiter de manière dure, sévère.*

Elle est intriguée, « le vieux » a l'air tellement emmerdé de me voir là.

Licart s'est assis dans un rocking-chair défoncé sur la véranda de sa maison africaine, une bière à la main posée sur le ventre. Des gosses passent la tête depuis la rue, on entend leurs rires étouffés.

Il me fait répéter la question. Les voisins déjà, il ne les a pas connus, alors leur boy, un Guinéen…

Et Prudence ?

Disparue, je vous l'ai dit.

Dévorée par les chiens ?

Licart paraît contrarié que je reprenne son expression, il avait dit ça sans réfléchir. La fille est derrière le rideau, elle nous écoute. Il est aux aguets[102], branché sur l'intérieur de la maison. Il a peur, Licart.

Les enfants enfermés dans le placard, il s'en souvient ? Vaguement. Le petit garçon qui ne parlait plus ? Oui, peut-être. Les mauvaises affaires aussi ? Oui. Elle a dû rentrer en France, il ne parlait plus. C'est ça. Il hoche la tête. Le gamin devait être choqué.

Il est désespérément d'accord pour tout. Il n'a rien à ajouter.

La bière est bue, le temps est passé, l'ombre gagne le capharnaüm[103] de la cour. Il est temps de prendre congé. La fille sort de derrière le rideau.

---

102. Être aux aguets (v.) : *Observer en secret pour surprendre et attaquer.*
103. Capharnaüm (n.m.) : *Lieu qui renferme beaucoup d'objets en désordre.*

Si tu vas en ville, je prends le taxi avec toi.

Licart, qui s'était levé, chancelle[104]. La fille disparaît de nouveau à l'intérieur. Vivi, tu vas en ville ? La voix est plaintive, inquiète. Tu vas où, Vivi ? À quelle heure tu rentres ?

Vivi, un sac en bandoulière, traverse la cour sans un regard pour le vieillard et, depuis le seuil, me presse de la suivre. Je serre la main frêle du vieil homme qui demeure sur la véranda, vacillant[105].

Je croyais que vous aviez plein d'animaux.

J'ai dit ça pour engager la conversation.

La fille me toise[106]. Plein, c'est quoi ?

Des mangoustes, des poulets, des perruches, quatorze chiens…

C'est le vieux qui t'a raconté ça ? Elle hausse les épaules avec un chuintement pincé des lèvres, à l'image du mépris qu'elle semble lui témoigner.

Pourquoi êtes-vous si… si dure avec lui ?

La ligne mince de ses sourcils accentue la noirceur de ses pupilles.

---

104. Chanceler (v.) : *Être faible et pencher de gauche à droite lorsque l'on est debout.*
105. Vaciller (v.) : *Être faible et pencher de gauche à droite lorsque l'on est debout.*
106. Toiser (v.) : *Regarder quelqu'un avec mépris et le trouver indigne d'attention.*

La voiture fait une embardée[107] qui nous projette l'un contre l'autre. Je sens son épaule tiède, élastique contre la mienne. Elle s'adresse au chauffeur en wolof, le taxi s'arrête au coin de la rue. En claquant la portière, elle me lance par la fenêtre ouverte : Vivi, ça veut dire Vipère[108].

Quand elle a dit Vipère, j'ai payé et je l'ai rattrapée.

Elle a eu l'air surprise de me trouver soudain marchant à côté d'elle. Je voulais qu'elle m'emmène, la suivre, là où elle allait, chez ses amis, aller dîner, n'importe où, pourvu qu'elle m'emmène.

Elle a réfléchi. Ça lui était égal, du moment que je ne la gênais pas.

Je parlais. Je n'avais pas parlé comme ça depuis mon arrivée. Je lui ai raconté mon voyage, mes souvenirs, elle faisait semblant de ne pas écouter. Je parlais sans arrêt. Je tournais autour d'elle, nous descendions l'avenue Lamine Gueye, j'avais encore des tonnes de choses à dire. Et puis cette fille écoutait, depuis que nous marchions, je voyais qu'elle écoutait, je ne pouvais plus la lâcher. On est arrivé nulle part, elle s'est simplement arrêtée. Si on allait chez toi ?

---

107. Embardée (n.f.) : *Mouvement soudain d'une voiture qui s'écarte de la route.*
108. Vipère (n.f.) : *Serpent avec une tête triangulaire et qui a du poison.*

Il fallait repartir en sens inverse, reprendre un taxi, je la tenais par la main sans qu'elle ne la retire. Il fallait que je la touche, on est entré dans le hall de l'immeuble. Je ne la lâchais plus et elle se laissait faire. Elle a tout regardé, le mobilier impersonnel, ma valise en vrac en travers du canapé, le bouquin qui traînait sur la table. J'ai empoigné son corps et nous avons plongé.

La Barre, le long des côtes d'Afrique. M'borrow, l'eau grise, le ciel jaune, les vagues enragées qui hurlent en rouleaux désordonnés. Des lames puissantes balayent sous la surface, un lait d'écume lourde lèche le sable épais.

Cette fille nageait comme un dauphin.

14

J'avais oublié que j'avais arrêté de parler. Plus un mot ne sortait de ma bouche, ils formaient une pelote emmêlée qui grossissait dans ma gorge. Tous les mots se mélangeaient à l'intérieur. Quand elle me chuchotait des baisers, les mots de la bouche de Manuela me picotaient l'oreille, se poissaient dans les miens comme du sirop.

Ni les siens, ni les miens, je n'arrivais plus à les dire, ils restaient bloqués à l'intérieur.

Il n'avait plus parlé, combien de temps, jusqu'à l'été. Trois mois. Personne ne s'en était souvenu, trois mois, on avait oublié.

Il avait fait sa petite valise pour l'avion, Manuela n'avait pas quitté ses lunettes noires pendant le voyage, même quand elle avait dormi. Elle ne lui avait pas dit un mot, à quoi bon, il restait sans réponse.

Elle lui avait serré la main très fort quand l'avion avait décollé. Ensuite elle était restée sans bouger, fixant droit devant elle, comme s'il n'existait plus. Elle avait été malheureuse, c'est ce dont on s'était souvenu, le retour avait été dur. Pour elle, c'était le retour, le mauvais souvenir.

Finalement, il avait rapidement retrouvé la parole en arrivant chez son grand-père. Cela avait été une affaire de quelques semaines, une toute petite affaire. Avec le recul, il avait honte d'avoir eu si peur. Et ce caprice de refuser de parler. Manuela lui en avait voulu. Elle s'était vengée par la suite en ne l'emmenant plus avec elle.

Qu'il ne parle plus, Thierno estimait que cela avait été grave. Manuela était une bonne mère, il y avait de quoi s'inquiéter. Elle n'avait pas hésité à prendre des mesures. Les Maréchal en avaient fait autant, la maman était rentrée avec sa fillette.

Mais Manuela, elle, avait tout abandonné. Loin de Dakar, elle se fanait comme une fleur. Chaque année, elle économisait pour y retourner, elle en revenait vivante et mourait peu à peu jusqu'à l'année suivante.

Elle enjolivait[109] leurs souvenirs, elle jouait à faire en imagination le tour de la maison du Point E, les endroits où ils avaient l'habitude d'aller. La plage de Bel-Air, la plus grosse vague du monde quand elle l'avait sauvé de justesse. Le jour où ils avaient vu des

---

109. Enjoliver (v.) : *Rendre quelque chose plus joli.*

murènes[110]. La famille qui se baignait sur la plage de Hann avec leur loutre apprivoisée.

Il connaissait par cœur ces souvenirs qu'il avait reconstruits pour elle, il s'imaginait la loutre comme une otarie. Il avait inventé les images en l'écoutant dérouler l'histoire de leur vie à Dakar. Mais les siens, les souvenirs qui lui appartenaient vraiment, ne tenaient pas ensemble avec des mots. Ils picotaient comme ses baisers, s'évanouissaient quand il allait à leur rencontre, l'étourdissaient s'il les prenait de front.

Et soudain Vivi fait exploser mon voyage.

Nue dans mon lit, exhalant la fumée d'une cigarette, elle pulvérise toutes ses scories[111].

Moi, je la connais ta mère. On la voyait souvent-dé[112].

Chaque année, elle lui rapportait un cadeau de France. Elle lui donnait aussi des échantillons, des petites bouteilles de parfum qu'elle avait eues dans l'avion. Elle lui disait qu'elle aurait aimé avoir une fille comme elle, pour s'en occuper comme d'une petite poupée. Elle demandait à son père de lui prêter cette poupée. Il était gérant d'un club de tennis à l'époque. Les gens se donnaient rendez-vous au bar, on disait

---

110. Murène (n.f.) : *Poisson de mer qui ressemble à un gros serpent.*
111. Scorie (n.f.) : *Déchet de métal en fusion. Ici, mauvais souvenir.*
112. Dé (en wolof) : *Interjection/mot qui marque la fin d'une phrase, pour en souligner fortement le contenu.*

le club-house, Manuela venait y retrouver des amis, y passer du temps. C'est comme ça qu'elles se connaissaient. Quand elles s'ennuyaient trop, elles allaient faire un tour, manger des pâtisseries à La Marquise ou chez Gentina. En fin d'après-midi, Manuela se maquillait dans les vestiaires pour sortir. Bouge pas, Vivi, je te fais les yeux, tu seras la plus belle pour le bal des Petits Lits blancs. Elles jouaient à la poupée.

Manuela lui parlait de moi de temps en temps, un petit garçon très sage, qui l'attendait en France. Elle m'imaginait tout pâle qui attendais assis sur mon petit lit.

Elle rit, ses dents brillantes un peu pointues, la ligne ironique de ses fins sourcils, elle me regarde moqueuse et me souffle une trombe de fumée dans la figure.

Tout pâle, prostré[113], les yeux écarquillés dans la direction de l'Afrique. Pendant qu'elle courait partout pour ramasser les balles perdues derrière les courts de tennis. Les gens du club l'envoyaient les chercher, sous les haies, dans les plates-bandes. Le jardinier lui arrosait les pieds pour la chasser. Elle rentrait, les jambes toutes mouillées, dans le club-house. Manuela la gourmandait. Vivi, petit serpent, ne m'approche pas.

---

113. Prostré (adj.) : *Dans un état de faiblesse, de découragement.*

Elles se retrouvaient l'année suivante. Ensuite son père a quitté la gérance du club, ils sont allés à Cambérène, là où il y avait les animaux. Manuela leur a rendu visite quelquefois, mais ce n'était plus comme avant. Le temps a passé et elles se sont perdues de vue.

Alors ta mère, tu vois, je peux dire que je l'ai connue-dé.

Les jambes de Vivi toutes mouillées. Être éclaboussé d'un peu de lumière dorée de fin d'après-midi dans un jardin soigné autour d'un club-house. Cette gamine en liberté pendant que j'étais enfermé là-bas, en punition pour toujours.

Je pleurais quand Manuela partait. Pas devant elle. Elle exultait[114] en faisant ses bagages. Je faisais la tête. Elle se penchait sur moi avec un air contrit[115] : Tu vas me manquer aussi, on sera tristes tous les deux. Et quand je reviendrai, on sera gais tous les deux. Tu vois, on partage tout, toi et moi.

J'avais envie de me mettre en colère, je voulais tout casser, m'enfuir, tomber malade. Elle ne voulait pas que je sois malheureux, elle savait que j'étais courageux,

114. Exulter (v.) : *Sentir une très grande joie.*
115. Contrit (adj.) : *Qui exprime le regret.*

heureusement parce que sinon ça l'aurait fait mourir de penser que j'avais du chagrin.

Mes questions se bousculent et je tente d'en calmer le bouillonnement. Je respire le parfum sucré de Manuela dans les cheveux sombres de cette fille, Vivi, le visage enfoui dans son cou, blotti dans ses souvenirs. Je retiens mon souffle pour ne pas disperser l'or qu'elle éparpille sur nous : Pourquoi elle t'appelait Petit serpent ? Pour rire. Regarde mes yeux, ce sont ceux du serpent noir.

Et je vois danser la malice au fond de ses prunelles.

Je voudrais rester enroulé autour d'elle, l'enserrer sans bouger pendant qu'elle me nourrit, la digérer des jours et des nuits, jusqu'à ne faire plus qu'un.

Elle a sauté sur ses pieds, j'ai rendez-vous, elle est partie.

Il a tenté de suivre son rythme. Il a essayé de se rhabiller aussi vite qu'elle. Béat[116], il est au ralenti. Pas encore inquiet et puis subitement affolé, qu'elle ne sorte pas, qu'elle ne s'échappe pas ! Il se jette à la fenêtre. Elle tourne le coin de la rue Mohammed V. Vite, derrière elle. Trop tard, la rue est déserte.

Il s'élance à sa recherche. Il marchera jusqu'à la nuit, et au-delà. Il restera dehors le temps qu'il faudra.

---

116. Béat (adj.) : *Qui est très heureux.*

La nuit vide la ville, après l'agitation de la soirée, la ville se livre à ceux qui rôdent, hagards comme lui. D'errer[117] ainsi, l'espoir reporté à chaque carrefour, baladé par ses intuitions évanouies une rue après l'autre, il se raisonne. Il se persuade qu'elle l'attend devant sa porte. Il ne peut pas la faire attendre plus longtemps.

Dans l'escalier, la lumière de la minuterie, l'odeur de la cigarette, un léger remue-ménage, elle le regarde monter, sourcils froncés, batailleuse. Elle se radoucit à la vue de son corps épuisé, la sueur creusant son visage de cernes de poussière. Quelque chose file dans son regard, un étonnement. Elle descend à sa rencontre, ses yeux dans les siens parlent une nouvelle langue. Elle attendait qu'il revienne pour lui apprendre.

Mais il fait noir. Il monte l'escalier lourdement.

Il s'approche à tâtons de la porte d'entrée.

Sa main rencontre une étoffe tiède, reconnaît la forme de Vivi debout dans le noir. Il l'étouffe dans ses bras, se blottit dans ses cheveux, il a cru la perdre, tu es là, tu es là.

Mais ses mots chuchotés se dissipent dans le silence de la cage d'escalier.

Personne.

---

117. Errer (v.) : *Marcher d'un endroit à un autre sans but précis.*

15

Sophie Maréchal. Dans l'obscurité de sa chambre avenue de la République, son prénom lui revient, le prénom de la petite fille.

Heureusement qu'ils étaient deux quand ils se sont réfugiés dans le placard. Ils se sentaient plus forts mais ça n'avait pas duré, ils étaient vite devenus des petits animaux solitaires, mouchant leur morve, léchant leur sang et leurs larmes. Elle respirait à côté de lui, mais il n'entendait plus que son propre souffle et les battements de son cœur. Il n'y avait plus personne avec lui.

On les a séparés une fois retrouvés. Chacun chez sa maman. Quand il a pu quitter sa chambre, il l'apercevait parfois à travers la haie. Il entendait ses parents parler dans leur jardin, il la voyait monter dans leur voiture. Il se cachait pour la regarder – non pas comme avant, quand il était timide. Sans bien comprendre ce qu'il ressentait, il préférait rester caché. Elle ne le recherchait pas non plus.

Il essaye d'imaginer sa vie aujourd'hui. Mariée, mère de famille dans une grande ville française. Se rappelait-elle de lui ? Leurs jeux avant cette catastrophe. Comment avait-elle grandi avec ce souvenir ? Il s'aventure un moment dans la vie adulte de Sophie Maréchal. Un petit garçon blond un peu triste, qui parle à une chèvre. Un jardin laissé à l'abandon.

Et il a honte à nouveau, de tout, du petit baobab, de la déesse enterrée, de leur naïveté. Le vague désir qui l'a traversé de rechercher Sophie Maréchal le pince désagréablement. Chasser tout ça, passer à autre chose, ne plus être mouillé dans cette histoire.

Mouillé, comme les jambes de Vivi dans les plates-bandes.

Elle l'avait écouté, elle l'avait suivi, elle s'était laissée faire. Collé contre elle, il avait dérivé dans une torpeur délicieuse, pendant qu'elle ressuscitait Manuela dans les volutes de sa cigarette. Elle reviendrait demain. Il n'avait qu'à s'endormir et retrouver en rêve ce moment béni.

Elle ne pouvait pas être partie définitivement. « Partis définitivement », comme on disait ici quand il était enfant. Comme eux, comme les Maréchal, « partis définitivement » parce qu'ils avaient mangé du cirage et qu'ils s'étaient écorché la figure.

La journée plane dans sa tête. La visite chez Thierno. Puis chez Licart. Vivi.

Il avait basculé de l'espoir insensé que cette rencontre avait fait jaillir en lui à la désespérance de rouler seul définitivement sur le bas-côté. Avec les chiens errants, les bestioles écrasées, les débris de pneus et les herbes jaunies.

Le jour se lèvera bientôt et elle me rejoindra, il suffit que je reste tranquille, comme avec Manuela. Sois sage, je reviens très vite, endors-toi mon poussin, quand tu ouvriras les yeux, ce sera l'heure du jus d'orange à la salle à manger. Et de tes copains footballeurs qui t'attendent pour te dire bonjour avant de partir à l'entraînement.

Les joueurs de l'équipe de Tunisie m'aimaient bien et me taquinaient au petit-déjeuner. Le petit garçon et sa jolie maman qui le tenait par la main, en entrant dans le restaurant de l'hôtel de N'gor. Manuela reposée saluait tout le monde.

Le maître d'hôtel se dirigeait vers nous avec un grand sourire, Manuela me caressait la tête pour se faire pardonner, je boudais[118]. Elle était rentrée si tard que j'attendais depuis très longtemps qu'elle soit réveillée. Je m'ennuyais sans bruit. Je dessinais par terre sur la mezzanine à côté du lit. Ou bien je descendais à la

---

118. Bouder (v.): *Être silencieux ou avoir un visage fâché pour montrer qu'on n'est pas content.*

fenêtre regarder les mouettes qui piaillaient dans le carré bleu du ciel. On voyait l'île en face et les pirogues qui avaient commencé leurs allées et venues, chargées de minuscules personnages de toutes les couleurs. En bas, les jardiniers arrosaient les lauriers-roses, les garçons de plage nettoyaient le sable et installaient des matelas à rayures sous les paillotes-parasols. Dressé sur la pointe des pieds, je me morfondais, le front contre la vitre. Manuela mettait du temps à sortir du sommeil, je devinais tout d'un coup qu'elle était réveillée. En me retournant, je rencontrais ses yeux posés sur moi, comme deux poissons arrêtés en eau trouble. Ils s'animaient pour me dire bonjour, ils se plissaient et se tortillaient avant de s'arrondir pour luire d'une belle lumière douce. Déjà debout ? Sa robe de la veille toute chiffonnée jetée sur un fauteuil, ses escarpins abandonnés dans l'escalier de la mezzanine, elle se penchait par-dessus la balustrade[119] pour apercevoir le temps qu'il faisait. La mer brille comme un miroir, c'est l'heure du jus d'orange ! Mais il fallait encore attendre qu'elle se prépare, qu'elle soit fraîche comme une fleur, pour qu'enfin nous descendions rejoindre mes copains footballeurs en maillot vert et blanc aux couleurs de leur pays. La journée pouvait commencer.

Est-ce que c'est aujourd'hui qu'on verra Prudence ?

---

119. Balustrade (n.f.) : *Petite barrière.*

Prudence. Depuis sa visite chez Thierno, il repousse le moment d'évoquer Prudence. Le jour se lève, quelques voitures prennent possession de l'avenue endormie, une brise légère gonfle tranquillement le voilage de la porte-fenêtre. L'évocation de Prudence l'assaille avec une puissance amplifiée d'avoir été si longtemps retenue. Les ténèbres dans lesquelles Thierno a précipité son histoire enfoncent sous ses côtes une lame d'ombre noire.

Prudence avait été leur ennemie.

Manuela lui avait donné sa confiance. Mais c'est au diable qu'elle l'avait donnée, un diable qui avait les traits de Prudence. Il recompose ses absences et ses brusques changements d'humeur, c'était le diable qui se trahissait. C'est sa voix qui leur avait fait tellement peur. Ils n'étaient que des petits enfants, aux prises avec une créature habitée par le diable.

Il frissonne malgré le pan[120] de jour tiède qui s'enhardit dans la pièce, l'ombre noire lui ferraille le cœur et lui barbouille la gorge.

Sortir, marcher en se frappant les cuisses pour se débarrasser de ces lambeaux maléfiques. Il se débat dans une toile tissée par une araignée redoutable[121] qui

---

120. Pan (n.m.) : *Partie.*
121. Redoutable (adj.) : *Dont il faut avoir peur.*

darde[122] sur lui le regard mort de Prudence, ce regard vidé qu'il comprend aujourd'hui, celui qu'elle avait quand elle écoutait le diable cousu dans ses pagnes.

L'air délicatement fumé, le calme bienveillant des gros arbres peints en blanc qui bordent l'avenue Pasteur, la façade impassible du musée de l'Ifan, cette ordonnance[123] tranquille apaisent peu à peu ses pensées emballées, laissant place à un chagrin qui enlise[124] sa colère.

Prudence avait menti pour masquer sa négligence ; engluée dans sa propre toile, elle avait préféré disparaître.

Un jour, il avait descendu à coups de pierre une grosse araignée qui lui faisait très peur, suspendue entre deux filaos dans leur jardin du Point E. Elle se balançait menaçante entre les branches souples des arbres. Il l'avait fait tomber en détruisant sa toile. Une grosse araignée noire peinte d'une croix jaune sur son ventre brillant. Quand elle avait été à terre, sans respirer il avait posé sur elle un bocal de confiture. Il redoutait qu'elle ne s'élance sur lui quand les pierres avaient déchiré sa toile, il avait repris son souffle et, la gorge serrée par

---

122. Darder (v.) : *Lancer un regard agressif comme un dard d'insecte. Le dard est comme une aiguille avec du venin.*
123. Ordonnance (n.f.) : *Action de mettre en ordre.*
124. Enliser (v.) : *Enfoncer dans du sable.*

l'angoisse, avait réussi à l'emprisonner sous le bocal renversé. Ensuite, il avait fallu le retourner pour visser le couvercle et il avait senti qu'elle le haïssait. Quand il retournerait le pot, elle se précipiterait le long de son bras pour grimper lui mordre la figure. En sueur, très lentement, avec un couteau qu'il avait pris pour se défendre, puis très vite, il avait retourné le pot en raclant des graviers pour la bloquer au fond. Il avait vissé le couvercle à toute vitesse, redoutant même qu'elle ne le pique à travers le verre. Il pleurait de dégoût et d'angoisse, mais il avait réussi. Il avait soulevé le bocal avec précaution et l'avait caché dans un coin du garage.

Il aurait voulu que cette araignée n'ait jamais existé, pour ne pas avoir été obligé de la capturer. Pour ne pas vivre avec cette peur qui s'était installée quand il l'avait aperçue planant au-dessus de sa tête entre les branches poussiéreuses des filaos. Pour ne pas avoir à se soucier de ce qui arriverait. Il avait espéré qu'il l'oublierait et qu'elle mourrait sans rien dire dans le garage.

Mais il n'avait pu s'empêcher de raconter à Sophie Maréchal qu'il avait capturé un monstre, la plus grosse araignée du monde. Elle en voulait la preuve. Il pourrait la lui donner, même morte elle serait encore énorme avec sa croix jaune sur son gros ventre noir, ses immenses pattes piquantes recourbées comme des pinces et ses yeux invisibles qu'elle gardait ouverts parce qu'elle était morte. Sophie Maréchal sautillait tout excitée, il aurait préféré qu'elle fasse moins de bruit, l'appréhension hachait sa respiration alors même que l'araignée devait être archimorte. Mais le bocal était vide. Il était sorti du garage en courant, Sophie Maréchal criait qu'il était un menteur, menteur, menteur. Prudence avait dit qu'elle n'avait jamais vu l'araignée et Manuela qu'elle avait horreur de ces sales bêtes.

L'araignée s'était échappée toute seule. Elle le guetterait dans les arbres, elle se laisserait tomber sur lui en silence et ses yeux invisibles le dévisageraient avant de le manger.

16

Il fonce tout droit. Les anges aveugles postés au fronton[125] de la cathédrale, puis les bas-reliefs de la façade du musée de l'Ifan l'accompagnent de leurs regards vides. Poings fermés, il balance les bras pour affirmer son pas. Vers la pointe de la presqu'île. Vers le soleil, sur le point de se lever.

Pour l'instant, une brume[126] pâle enveloppe encore la ville. Pâle comme une nuit blanche. Enfant, il rêvait d'en voir une un jour. Embusqué derrière la haie de leur jardin du Point E, il aurait regardé passer les gens flottant sur le trottoir, se parlant à voix basse. La pharmacienne, par exemple, son sac à main serré contre sa poitrine, ses cheveux sombres noyant son visage de

---

125. Fronton (n.m.) : *Décoration, souvent triangulaire, à l'entrée des monuments.*
126. Brume (n.f.) : *Sorte de nuage qui flotte au-dessus du sol et qui vient de la mer.*

somnambule[127]. L'air aurait eu la couleur du ciment du trottoir.

Devant lui, encore loin, tout au fond grandissant, le palais de justice lui barre l'horizon. Il approche à grandes enjambées. Les portes sont éventrées, les vitres déchiquetées, le métal rouillé coule le long des murs. Il règne un profond silence.

Il voudrait hurler, le poing brandi, minuscule, sur les marches du palais, proférer son malheur : Justice ! Je demande justice !

Sa voix fuit dans les coursives[128] délabrées. Justice pour quel préjudice, revient en écho haché et misérable, au travers des cartons ficelés pour colmater les issues.

Tourner le dos, se laisser tomber sur les marches, mépriser les vestiges du lettrage dispersés au front du bâtiment : Justice.

Plus pour personne.

La ville s'étale devant lui, il entend qu'elle gronde déjà. En contrebas, le dépôt déserté des cars Sotrac et l'ambassade de France. Assis devant la barrière blanche,

---

127. Somnambule (n.m.) : *Personne qui marche et qui parle en dormant.*
128. Coursive (n.f.) : *Passage étroit dans le sens de la longueur d'un navre.*

le gardien grille une cigarette. Le jour est levé, l'air est pur.

Le soleil est monté d'un cran, les ombres se précisent, des charognards évoluent très haut dans l'azur. À sa gauche, une biquette tire sur un épineux couvert de sacs en plastique. Un homme s'est approché sans bruit, il est en haillons[129] et tient à la main un bâton.

Y a-t-il un troupeau autour de ce palais de la désolation[130]? L'homme s'approche encore et lui fait un sourire. Est-ce que tu peux m'échanger des euros, patron? Il tient à la main un billet de cinq, il a vu ce Français, il a saisi sa chance. C'est difficile pour lui de faire du change, d'aller jusqu'à l'aéroport, en ville les toubabs se méfient. Les enfants s'approchent avec lui, la grande porte la petite, les frères restent en arrière.

Le gardien de l'ambassade les observe de loin, la casquette repoussée en arrière, il s'ennuie et dessine des ronds dans la poussière avec la pointe de son soulier ciré.

Il y a longtemps que les derniers bus de la Sotrac n'échouent plus par ici. Il n'y a plus de palais pour la Justice. Il est en construction dans un autre quartier.

---

129. Haillon (n.m.): *Vêtement en morceaux. Habit très vieux.*
130. Désolation (n.f.): *L'état d'un lieu très détruit par la guerre, les maladies, etc.*

Celui-là est fini, traversé par les alizés, rongé par l'harmattan[131], dépecé par les vandales[132] et les indigents[133].

Ces gens ne lui veulent pas de mal, cette famille qui s'approche gentiment, il cligne des yeux dans la lumière qui a forci encore. Sa poche est vide de toute monnaie, il est sorti en trombe[134], les poches vides, un jean, un tee-shirt, une paire de baskets. Rien sur lui, excepté cet énorme poids qu'il trimballe à l'intérieur. Rien qui pourrait concerner cet homme attentif et courtois qui attend que le toubab lui rende ce service minuscule si important pour lui.

Je vais revenir, je te jure, je reviens avec l'argent pour échanger les euros.

Tu reviens quand ?

Je ne sais pas, tout à l'heure, avant la nuit.

La nuit, ce n'est pas bon. Tu viens et tu repars de suite. La nuit par ici, ça n'est pas bon.

La petite qui porte le bébé sur le dos le considère gravement, bien sûr il va revenir le plus vite possible. Il va faire l'aller-retour maintenant. Il sera là dans une

---

131. Harmattan (n.m.) : *Vent sec qui souffle sur l'Afrique de l'ouest en provenance du Sahara.*
132. Vandale (n.m.) : *Personne qui détruit quelque chose volontairement.*
133. Indigent (n.m) : *Personne sans ressources, sans argent.*
134. En trombe (loc. adv.) : *Très vite, brusquement.*

heure avec des francs CFA pour la famille de Diallo, il s'appelle Diallo, c'est un ami désormais, ainsi qu'Aïssatou, Diara le bébé, et les deux petits frères. Il fonce en sens inverse porté par leur attente. Ils le regardent partir depuis les marches du palais. La ville grouille à présent, s'agite, s'énerve, il accélère, il court presque. Il est arrivé.

Elle est là.

Vivi ! Elle rit, elle se rit de lui, il est fou de bonheur. Vivi ! Tout son corps fond contre le sien. Leur histoire a commencé. Son rêve, il peut y croire désormais.

Il a rêvé qu'elle sortirait de chez Licart et traverserait la chaussée ensablée pour le rejoindre adossé contre l'arbre en face, depuis les heures fraîches de la matinée. Entre la marchande d'arachides et le bana-bana qui vend des lunettes. Ils savaient tous qu'il attendait qu'elle sorte, ils en parlaient entre eux dans leur langue. À leurs coups d'œil furtifs et leur air malicieux, il voyait qu'ils attendaient comme lui le dénouement du rêve. Il était l'arbre contre lequel il s'appuyait, il était la rue sableuse, les passants nonchalants, les enfants, il était le ballon, il deviendrait Vivi quand elle apparaîtrait. Elle est apparue et il s'est dissous dans ses yeux noirs.

Ils se sont éloignés côte à côte. Ils marchent au milieu de la chaussée, un halo radieux se déplace avec eux. Ils foulent au pied le temps du malheur, la distance, les années, ils se parlent mais de rien dont ils ne se souviennent, ce sont les mots qui jouent leur propre musique.

Ils marcheront sans réfléchir, ils ne s'arrêteront pas, ou plus tard, peut-être ce soir, ou bien tout à l'heure. Ils marcheront encore quand la nuit sera tombée.

Ils se sont posés sur une plage. Elle s'est couchée en travers de son corps. Les bras passés derrière la tête, elle expose la pâleur de ses aisselles piquetées de minuscules points noirs, sa poitrine s'évase sous son débardeur jaune. Le sable leur agace la peau, les embruns[135] lui donnent le vertige[136], il chuchote dans ses cheveux, elle se serre contre lui, il a glissé la main entre ses cuisses, ils sont restés là des heures, le soleil a tourné jusqu'au soir sur la plage du Virage.

Puis le vent a monté, éméchant les rouleaux, assombrissant la mer, elle a froid, les mains sous son tee-shirt, en riant, pour se réchauffer, elle le pince à la poitrine, elle le pince comme le cous-cous, de ses ongles acérés, elle lui mordille le gras de l'épaule avec ses lèvres sombres. Il héberge contre lui la reine des araignées. Ils sont couchés sur cette plage, elle serre les cuisses sur sa

---

135. Embrun (n.m.): *Pluie fine qui vient des vagues.*
136. Vertige (n.m.): *État dans lequel tout semble tourner autour de soi.*

main brûlante. Tout le corps ankylosé[137], pour rien au monde ôter cette main qu'il presse entre les cuisses de Vivi humide et douce à l'intérieur.

Le soir venu, elle s'accroche à son bras pour enfiler ses sandales. Ils remontent vers Ouakam, sans se soucier de l'agitation qui gagne les trottoirs à l'approche de la nuit.

Ils ont dépassé N'gor. Ils passent les Almadies. Ils sont arrivés au pied de la colline des Mamelles. Ils gravissent dans l'obscurité la route en lacet qui monte au phare.

Elle connaît quelqu'un au phare des Mamelles, une famille, des copains. Ils se retrouvent quelquefois dans ces lacets pour danser dans les phares d'une voiture arrêtée dans la pente, l'autoradio à fond, elle danse à perdre haleine, flashée par les yeux jaunes de la vieille Citroën de son cousin.

De là-haut, elle va lui montrer la ville éclairée, qui scintille comme une carte de géographie enchantée. Il va voir Dakar comme il ne l'a jamais vue. Elle s'agrippe à lui, remonte très haut sa jupe, le visage tout près pour le regarder pendant qu'elle lui crie, soudain violente, soudain furieuse, mais viens, maintenant, viens.

---

137. Ankylosé (adj.) : *Sensation de rigidité. Sensibilité diminuée d'un membre du corps.*

Il voit Dakar les yeux fermés, et la carte de géographie bascule dans une pluie d'étincelles.

Il voit Dakar qui scintille et il serre fort Vivi contre lui pour arrêter qu'elle tremble. Il tremble aussi. Ils sont dans le noir, tous ses cheveux emmêlés, elle est collée à lui dans ce noir, moite, sucrée, amie.

17

Deux jours de félicité[138]. Nuits et jours emmêlés, avenue de la République. Et puis, le souvenir de cette famille qui patiente au pied du palais de justice. Quelques CFA contre quelques euros, juste un aller-retour pour honorer sa promesse. Et revenir très vite.

Je ne serai pas long, j'ai rendez-vous, attends-moi je reviens tout à l'heure.

Et Vivi qui devient enragée.

Ah! tu as un rendez-vous! Vas-y, mais ne reviens jamais. Est-ce que je vais moi à des rendez-vous? Qui crois-tu que je suis, pour attendre quelqu'un qui a un rendez-vous? Mais qui crois-tu être?

Vivi folle, l'index pointé comme une arme devant son visage.

---

138. Félicité (n.f.): *Grande joie.*

Ne reviens jamais, que je ne te voie plus mendier[139] autour de chez moi.

Vivi comme il l'a rencontrée, féroce, odieuse, comme il l'avait oubliée, depuis qu'il a sauté du taxi pour la suivre. Vivi qui lui fait peur. Vivi pour vipère qui le hait et lui crache à la figure.

Il s'affole. Supplier, geindre comme Licart.

Fuir.

S'enfuir pour garder sa dignité.

L'avenue, le Plateau à grands pas pour rejoindre ces gens qu'il imagine sur le perron comme il les a laissés, observant le soir se poser sur la ville, scrutant jusqu'à la nuit la montée de l'avenue.

Le toubab ne viendra plus, ils s'en retourneront, encore une fois déçus, surtout la petite grande sœur. Ils reviendront demain au poste d'observation. Il sera là demain, inch'Allah !

La nuit tombe, tant pis, il peut tout affronter, les brigands de la Petite Corniche, les voyous, il n'a plus rien à perdre, tout est perdu déjà, il a perdu Vivi pour ces gens-là.

Amie pourtant. Douce comme le sable des rues où les enfants s'égaillent, dorée comme la lumière des fins d'après-midi, parfumée comme les fleurs du

---

139. Mendier (v.) : *Demander de l'argent ou de la nourriture aux personnes dans la rue.*

frangipanier[140]. Rieuse comme un buisson d'oiseaux dans les bougainvillées, belle comme la ligne d'horizon au soleil couchant. Précieuse comme ses souvenirs.

Le soir surprend ici comme un silence. Il est tiède et lumineux. On le reconnaît parce qu'on l'entend, loin, à travers les maisons, à travers les quartiers, jusqu'au fond de la ville, jusqu'à l'océan. C'est un placard qui grince, une bique solitaire, des voix qui s'animent quelque part et se mêlent à des rires. L'appel des cars-rapides à la station-service, Dakar! Dakar! Dakar! jetés dans la poussière du trafic.

Avant que tout se brouille, pour distraire l'angoisse qui monte avec la nuit.

Depuis les rochers du rivage, la terre humide des jardins, derrière les haies et les portails, la nuit rampe le long des arbres et sur les tôles des toits. La ville tout entière alors, fait diversion. Les gens s'affairent et les lumières s'allument, les transistors, les klaxons et les chiens sont de la partie.

Et lui ce soir, tout seul, s'enfonce dans cette nuit menaçante.

Ils ne l'attendront pas sur les marches, aura-t-il le courage de pénétrer dans les ténèbres du palais?

---

140. Frangipanier (n.m.): *Arbre.*

Le parking Sonacotra est éclairé par une maigre lueur orange oubliée depuis le transfert d'activités, le gardien de l'ambassade pourra le renseigner, il est bien là, sur un fauteuil de toile, il vient de prendre son quart[141]. Il est dispo et sympathique. Il est nouveau, il a aperçu de loin des gens qui vivent à l'intérieur, mais ça n'est pas bon d'y aller, lui-même est armé, il montre son arme de service, il n'a rien à craindre, il est protégé par la France, et il rit.

Et quoi maintenant ? En retrait du halo sinistre de ce parking abandonné, assis sur les marches de ce décor fantomatique[142]. Idiot, se demandant quoi faire. S'en retourner. Se retrouver comme avant, comme tout à l'heure. Rentrer. La retrouver comme avant, cette folie, Vivi, si elle y est encore.

La route vide serpente au ras de la falaise. Les broussailles effilochent des pans de brumes basses. Une lune énorme et pâle, l'œil rond, penche sur lui.

Si elle y est encore.

Il ne veut pas y penser, garder la tête vide pour protéger le cœur.

Pour la première fois depuis qu'il l'a rencontrée, il se demande de quoi elle vit. Licart subvenant à leurs

---

141. Prendre son quart (expr.) : *Prendre son tour de garde.*
142. Fantomatique (adj.) : *Atmosphère surnaturelle.*

besoins, touchant une retraite, elle doit vivre comme ça, de cette pension et de petits commerces. Quels genres de commerces ? C'est la question qu'il ne s'était pas posée. Elle le lui a demandé, elle, le chômage c'est facile et difficile à expliquer, il est ici grâce à son chômage, il lui reste deux ou trois mois. Mais il a un métier comme tout le monde, difficile à expliquer, un métier d'analyses et de calculs, mais pas en ce moment. Elle n'écoutait déjà plus, elle avait changé de sujet, ils avaient ri de quelque chose. Il ne lui a rien demandé, il n'y avait pas pensé.

Et toi, Vivi, qu'est-ce que tu fais ? il se le demande, en rentrant à l'abri dans la ville éclairée.

Ce père dépendant, pitoyable, une scène sûrement cent fois jouée. Où tu vas, Vivi ? À quelle heure tu rentres ?

Depuis, ils se sont dit tellement de choses, et pourtant, il ne pourrait pas répondre aux questions, ou très peu. Sa taille, mais pas son âge, il faudrait qu'il compte. Son histoire, plutôt des tas d'histoires. Ses études, un métier, ses amis. Rien de précis.

Cette étreinte[143] imprévisible, si vite sans se connaître. Ce départ précipité. Son retour le lendemain matin.

Où étais-tu, Vivi ? Où es-tu ?

---

143. Étreinte (n.f.) : *Prendre quelqu'un dans ses bras. Geste affectueux.*

Qu'est-ce qu'elle fait de ses journées ? Qu'est-ce qu'elle faisait avant-avant-hier, une pareille poupée dans cette ville ? Il pourrait répondre, là tout de suite : la pute[144]. La petite pute. Qui s'en va crâner dans les hôtels pour se faire inviter à la piscine. Pour se faire payer un bracelet de cheville. Pour s'acheter des minijupes trop serrées et des strings en dentelle. Pour se faire chahuter dans l'eau par deux imbéciles avant de monter avec eux. Ou bien rester sagement au bar américain pour se faire repérer par un vieux toubab.

Les barmen qui ne veulent pas d'histoires mais qui acceptent des cadeaux. Les boys-piscines qui te chassent quand tu es toute seule, et que tu peux narguer quand tu as trouvé un Libanais. L'important, c'est de savoir nager, tant que tu te baignes on peut penser que tu es cliente. Au Méridien, au Savannah, au Térangua, et puis dans l'eau on peut faire connaissance, après on rapproche les matelas, on accepte des cigarettes.

Le Libanais et son copain la font couler à tour de rôle, encore jouer, elle sourit toujours, même quand ils rotent[145] en buvant des bières. Elle boit un jus d'orange avec une paille compliquée, elle a de beaux ongles et une belle bouche. Les types se verraient bien

---

144. Pute (n.f.) : *Prostituée. Femme qui a des relations sexuelles avec des hommes contre de l'argent. (fam.)*
145. Roter (v.) : *Faire un gros bruit avec la bouche après avoir beaucoup mangé ou bu un soda.*

y aller maintenant. Elle les suit, nonchalante[146]. C'est dimanche, elle remonte de la piscine avec des amis. Les boys la regardent passer avec indifférence, tant qu'elle n'est pas toute seule.

Il en est sûr, elle drague, c'est le genre de journée qu'elle passe. C'est comme ça qu'elle vit. Licart en profite. C'est pour ça qu'elle le hait. Ils sont liés pour survivre, elle a révélé sa fragilité tout à l'heure. Toute cette fureur, cette arrogance donne la mesure de sa peur.

De sa panique qu'il ne l'abandonne en allant à ce rendez-vous. Avec tous ces types qui payent et qui s'en foutent.

L'abandon. Il imagine bien qu'elle connaît. C'est son pain.

---

146. Nonchalant (adj.) : *Attitude de quelqu'un qui ne se soucie de rien, qui est mou.*

18

Elle s'était simplement recouchée. Ses vêtements épars dans la pièce, le désordre de leur dispute intact. Elle semble tout à fait calme. Pensive, elle fume une cigarette et le regarde entrer.

Toute cette crise pour rien. Il avait renoncé à pénétrer à l'intérieur du palais de justice. Ces gens ne l'attendaient pas en pleine nuit. Il n'avait pas osé, ils ne l'attendaient plus.

Il s'effondre dans un fauteuil en face d'elle, ils s'observent en silence et c'est elle qui se lance la première.

Je suis comme ma mère, moi, j'ai un rab.

Je le savais! À l'instant même où Vivi prononce cette phrase. Tout à l'heure, son visage affreusement fermé, plus rien entre nous. Tu ne m'es rien. La chienne. C'est la mère, le mot qui manque. Qui fait un grand trou dans l'histoire de Viviane, celle dont on n'a pas dit un mot depuis trois jours. Celle qui dresse l'un contre l'autre la fille et le vieillard. Celle qui cimente leur couple haineux par son absence dans leur maison mal tenue, dans chaque mot qu'ils se jettent à la figure. Qu'est-ce qu'elle a bien pu leur faire à ces deux-là, cette sorcière? Par quelle magie, dans toute l'ampleur de ses maléfices[147], la voilà qui surgit. Celle qui a déréglé nos vies.

Celle qui de nous tous a fait des misérables.

Ta mère, c'est qui, ta mère? C'est quoi, un rab?

Tu sais, moi, j'ai un rab. Un rab, ça existe. Les marabouts, les boroms[148], les soignent. Ils te disent d'acheter un petit sac de coton, de le mettre sous l'oreiller, tu passes la nuit, ça permet au rab de partir, de te laisser. Il y a une femme, à Kaoloack, tout le monde la connaît au Sénégal. Elle est très belle, de grands yeux, le teint clair, tout ce qu'il faut pour une femme. Elle s'est mariée trois fois, à chaque fois son mari est mort au bout d'un mois. Tout le monde connaît cette histoire. Elle ne peut pas avoir de mari, la pauvre, elle a un rab qui est trop fort.

Par exemple, quand tu rêves que tu fais l'amour avec le rab, tu sens que tu fais l'amour avec ton rab. Et quand tu es avec ton homme, tu le refoules, tu le repousses. On

---

147. Maléfice (n.m.): *Opération magique pour faire du mal à quelqu'un.*
148. Borom (n.m.): *En wolof: guide spirituel, maître de la Sagesse.*

dit que c'est le rab qui fait ça. Il y a des moments où je suis bien, mais après je commence à détester et tout et tout. Après je regrette, mais le rab revient toujours. Il y a des bons boroms et des mauvais boroms. Il y a des arnaqueurs[149]. Ils en profitent, parce que le rab, c'est un truc emmerdant. Le rab repousse tous les hommes, il fait exprès. Il y a des rabs qui sont méchants, mais en même temps, le rab te protège de tout.

Vivi sérieuse, adossée au traversin, m'explique calmement une histoire à dormir debout où les hommes comme moi sont bien peu de chose face à ce truc très emmerdant qui protège de tout.

Il vit à l'envers de toi, il marche la tête en bas, elle rit. Peut-être que tu en as un, qui n'est pas fort du tout, elle est câline, qui est très doux, très gentil, moqueuse, un petit rab de toubab, un rab de souris.

Ah ! les animaux aussi en ont.

Elle rit.

Tu le saurais si tu en avais un, tu le connaîtrais très bien. Mieux que toi-même-dé ! Elle se rembrunit. C'est très emmerdant tu sais, c'est difficile de vivre avec un rab.

Alors qui c'était tout à l'heure ? Qui voulait me tuer ?

C'était moi. Mais c'est mon rab qui te repousse, qui te refoule, il est fort, mais pas au point de te tuer.

Elle rit encore.

---

149. Arnaqueur (n.m.) : *Personne qui cherche à voler, à tromper.*

Pas si fort, avec un père toubab, c'est une moitié de rab!

Je n'aurais pas dû. J'aurais dû laisser Licart loin là-bas chez eux à Pikine. Mais non, j'insiste et, à côté du père, je demande la mère.

C'est qui, ta mère?

Elle s'appelle Prudence, Marie, Véronique Dieng. Voilà. Elle a travaillé chez toi dans le temps.

Voilà.

Quoi d'autre?

Tu parles trop, tu poses tout le temps des questions.

Ah ça, non! Je me lève d'un bond, je veux savoir où est Prudence. Je veux le savoir absolument. Assez. Tous ces mystères, ces diversions[150], ces histoires de rab. Je veux qu'elle me dise ce qu'elle sait de Prudence. Je veux savoir! Hors de moi, je serre les poings, la rage au ventre. Merde! Je veux savoir pour Prudence. Merde!

Silence.

Vivi tournée contre le mur qui reste silencieuse. Vivi qui pleure en douce, plus de cigarettes, plus de taquineries[151]. Elle glisse lentement à l'intérieur du

---

150. Diversion (n.f.): *Action pour détourner l'attention, changer les idées de l'ennemi.*
151. Taquinerie (n.f.): *Action pour agacer, provoquer chez quelqu'un un sentiment d'impatience.*

drap et je devine qu'elle étouffe le bruit de ses sanglots. Et merde.

Vivi, raconte-moi.

Ne pleure pas, ne pleure plus, Viviane. Je prends dans mes bras la forme enveloppée du drap comme un fantôme, je serre contre moi la forme blanche de Vivi absente. C'est fini, tu peux tout me dire, on est ensemble, je ne te quitterai jamais plus si tu veux, jamais de plus d'un pas, jamais de plus d'une minute. Mais bon sang, raconte ! Raconte-moi ce qui s'est passé, Vivi. Tu la connais, ta mère ?

La forme bouge dans son linceul[152] et dit non.

Elle est morte ? La forme répond peut-être, c'est ce que je comprends, un signe comme peut-être. Tu ne sais pas si elle est en vie. Tu n'en sais rien ? Depuis combien de temps ? Je fais les questions, je suppose les réponses.

Vivi se dégage et réapparaît des draps entortillés, le maquillage en coulées charbonneuses tachant ses joues brillantes de larmes, le nez mouillé, la bouche gonflée, belle comme un fruit que je voudrais lécher avant de mordre dedans. Je souffle sur elle mes questions partout sur son visage. Raconte.

Petit à petit, pas à pas, comme un enfant qui s'applique à ne pas tomber, Vivi raconte l'histoire de la petite sans mère qui se débrouille avec les choses des grandes personnes, pour s'occuper d'elle-même, ou dont on s'occupe

---

152. Linceul (n.m.) : *Tissu qui couvre un mort.*

au passage. Comme l'a fait Manuela? Oui, enfin plutôt comme des voisines, ou des tantes, ou même une année la maîtresse d'école. Des belles, des moches. Elle esquisse une grimace de sourire. Des gentilles et des méchantes. Et quand il n'avait pas de femme, Licart prenait des bonnes qu'il payait mal et qui ne restaient pas. Elle aurait voulu partir aussi, mais elle ne savait pas où aller.

Prudence venait de loin, du Fouta Toro, elle est venue toute jeune à Dakar pour faire fortune. Et elle est tombée sur Licart.

Elle est tombée aussi sur Manuela en voulant faire fortune. Elle nous est tombée dessus. Qu'est-ce qu'elle sait, Vivi?

Qu'est-ce que tu sais, Vivi, de ce qui s'est passé?

Elle a quitté la place chez Manuela pour rejoindre le vieux, il ne voulait pas que ça se sache. Il voulait une bonne à l'œil et continuer à parader[153] avec les toubabs. Il l'a installée chez lui, elle prenait des grands airs mais c'est pas suffisant pour aller chez les Blancs, voilà ce que Licart racontait à Vivi quand elle était petite. Ta mère, elle se croyait arrivée parce qu'on couchait ensemble. Ah ça j'disais, ma belle, t'as pas fait la moitié du boulot, si tu veux que j't'emmène y faut que tu me fasses ça et ça. Voilà ce qu'elle entendait, Vivi, la fille de cette femme.

---

153. Parader (v.): *Marcher d'une manière fière et faire l'important.*

Toi t'es bien comme ta mère, toujours des grands airs. Il lui chicotait les cuisses avec son journal, et moricaude[154] pareil. Elle voulait que j'l'épouse, ta mère. Il se mettait à ricaner. Jamais, t'entends, je sais ce que tu feras si j't'épouse, on m'la fait pas. Si j't'épouse, t'auras les papiers et là, pfft... Il mimait. Et là, elle s'envole pour Grenoble ou pour Montpellier, la France, le miroir aux alouettes. Toutes les mêmes. Je sais bien pourquoi t'es là, à Licart on la fait pas. T'as compris, jamais t'auras les papiers, à bon entendeur! Et tu vois, ma petite fille, elle nous a laissés tomber tous les deux. J'avais raison de me méfier.

Ma mère a cru qu'elle pourrait tout supporter, mais à force c'était trop dur. Je la comprends trop bien. Elle s'est enfuie à cause du vieux. Je la comprends trop bien-rek[155]. Elle s'est dit qu'elle reviendrait me chercher plus tard, le temps qu'elle passe en France. Il paraît qu'elle a réussi. Il dit qu'elle s'est noyée à Gibraltar, de source sûre. Il ment, il dit n'importe quoi. Il a dit aussi qu'elle avait le sida, une autre fois qu'elle s'était fait écraser par un camion en Mauritanie. Elle a réussi, alors il essaie de se venger sur moi, de me blesser. Quand il fait ça, je le regarde, je le fixe. Il ne sait plus où poser les yeux, il bafouille[156], il bégaye, à la fin, il se met à baver.

154. Moricaud (n.m.): *Mot raciste pour parler d'une personne de couleur.*
155. Rek (en wolof): *Tout juste.*
156. Bafouiller (v.): *Parler d'une manière confuse.*

19

Licart qui héberge Prudence en secret. Qui nous a trompés, ma mère et moi. Qui dissimule derrière sa courtoisie surannée[157] sa part de trahison. Et Vivi qui croit dur comme fer que s'il y a un monstre, c'est lui.

Mais je détiens ma part de vérité, et je me retiens de lui crier : tu rêves, Vivi, ta mère est partie sans toi. Parce que ça l'arrangeait bien, elle ne pouvait pas s'encombrer d'un gosse, ça l'aurait gênée pour profiter de la vie, c'est ça qu'elle voulait, une égoïste[158], profiter de la vie. C'est pour ça qu'elle t'a laissé, parce qu'elle voulait vivre tiens, et toi, t'étais la fin du rêve.

Réveille-toi, Vivi, tu vois bien que tu es toujours là, depuis toujours.

---

157. Suranné (adj.) : *Qui n'est plus à la mode.*
158. Égoïste (n.m.) : *Qui ne pense qu'à soi et pas au bien-être des autres.*

Il fait grand jour, mais la lumière s'est éteinte dans cette chambre, nous sommes maintenant deux ombres aux contours indistincts[159].

Elle s'est tue, et il me vient cette image qui me brise le cœur. Celle de la poupée maquillée pour jouer, dans le vestiaire du club de tennis. Manuela rieuse, ses jolies mains qui effleurent et colorient le visage concentré de la gamine. Qu'est-ce qu'elle savait, Manuela, de toute cette histoire ?

Moi aussi, j'ai des choses à dire. Ce que Prudence nous a fait. Ce monstre que Vivi idéalise.

Le rab, qui est-ce sinon le diable qui a tout manigancé, tapi derrière leurs visages, qui sort à point nommé sans qu'on l'appelle, pour mettre le feu ? Si les toubabs n'en ont pas, alors Vivi, fille de ton père, tu n'en as qu'un demi.

Tu n'es pas comme ta mère, Vivi, tu n'as qu'un demi-rab.

Si c'est le rab qui m'écoute, alors je vais lui dire ce qu'il doit savoir. Demi-rab, c'est à toi que je parle. Ta mère est un monstre qui t'a abandonné. Lâche Vivi, lâche-la, le rab. Démal ! Démalfaleh waï[160] !

Elle se convulse de haine, Vivi, le visage déformé, les yeux étincelants.

---

159. Indistinct (adj.) : *Qu'on ne peut pas voir, distinguer.*
160. Demal ! Demal falhe waï ! : *En wolof : Va-t'en, allez va-t'en !*

Sors de là, créature infernale qui n'est même pas entière, j'aime Vivi plus fort que tes maléfices, aucun rab demi, simple ou double ne me résistera.

Ne t'approche plus jamais, le rab, jamais plus Alhamdoulilaï[161]! Et que les ténèbres t'engloutissent!

J'ai neutralisé Vivi qui s'est jetée sur moi, bec et ongles pour me mettre en pièces. Je la maintiens à plat ventre en lui tordant les bras. C'est son corps chaud que je plaque sur le sol, mais ce sont les ruades du monstre que je m'efforce de maîtriser, qui crache et se débat pour me faire lâcher prise. Plus jamais et je cramponne Vivi par les cheveux pour l'immobiliser, jamais plus ce demi-monstre ne nous fera de mal, je le chasserai, je le poursuivrai, j'irai le crever, s'il le faut, chez les morts.

Un dernier sursaut et puis plus rien. Nous restons l'un sur l'autre, immobiles. Je relâche avec précaution mon étreinte. Je la retourne lentement pour voir son visage. Elle a le regard fixé sur le plafond, ses yeux brillent encore, mais j'ai tué la bête, je le sais, je le sens, elle est partie. Je suis seul avec Vivi, tout entière unique, mon amour.

Dans un battement de cils, elle tourne vers moi ses yeux grands ouverts et, silencieuse, elle me parle pourtant. J'entends chacune de ses paroles se démultiplier

---

161. Alhamdoulilaï: *En arabe: Dieu soit loué.*

dans ma tête. Elle me dit qu'elle est d'accord, qu'elle veut bien lâcher tout ça, qu'elle est vaincue et triste, mais qu'elle est heureuse et triomphante, elle dit qu'elle veut bien me sauver à mon tour, que moi aussi j'ai quelque chose à faire, elle ne dit rien, j'entends quand même. Ses prunelles posées sur moi sont noires et dures. Pourtant j'entends distinctement son chant de paix. J'ai froid tandis que le silence se prolonge, c'est une sueur glacée qui coule le long de mon dos. Il n'y a pas de rab à exterminer, je suis tout seul, devant elle. Il n'y a personne d'autre, sinon mes souvenirs. Ce sont eux qui vont payer pour moi.

Je ne peux pas. Je veux rester dans mon rêve. Il m'a conduit jusqu'ici, je suis venu chercher le rêve de mon histoire. J'ai peur de voler en éclats avec lui.

Manuela. Son parfum de fleur de tiaré. Le sel de mes larmes et l'odeur fade de la baie de Hann. Le ponton[162] rongé par les coquillages. Les grandes algues emmêlées comme une chevelure pourrissant sur le rivage. Sur la plage de Hann, un bal d'enfants déguisés. Des fées et des marquises, un amour de prince et le Chat botté. Retiens la Tahitienne avant qu'elle ne s'efface avec eux, pâlissants, tremblés, rendus au sable terne de la baie.

---

162. Ponton (n.m.) : *Pont qui flotte et qui permet aux personnes de sortir des bateaux pour aller sur terre.*

Respire la fleur de tiaré, crispée dans ta main, son parfum de frangipanier. Lisse la fleur molle, chiffonnée dans ta paume, caresse ses pétales flétris, souffle sur elle et respire-la encore, ferme les yeux pour inspirer les tout derniers effluves de tes souvenirs.

À la sortie de Rufisque, la cheminée des Cimenteries d'Afrique brasse d'énormes volutes qui éparpillent une lourde poussière mate. Traverse ce paysage de craie. À travers les broussailles et les épineux, l'horizon fluorescent te guide vers le rivage de Toubabdialow.

Tu brûles.

Ouvre les yeux dans cette chambre que tu n'as pas quittée. Regarde autour de toi.

20

Et puis tout est allé très vite.

Presque aussitôt, le souffle encore mouillé de leurs larmes échangées, ils ont ri, ils se sont embrassés, ils se sont retrouvés. Ils ont mangé dans une boîte de conserve, Vivi sauçait les raviolis avec un bout de pain rassis qu'elle lui poussait dans la bouche en lui barbouillant les joues, parce qu'il riait de la voir faire. Ils ont essuyé la sauce avec son tee-shirt, ils ont fini les bières, ils ont fumé jusqu'à leur dernier mégot.

Ils se sont douchés, ils se sont collés sous le jet chaud puis froid, puis l'un contre l'autre encore mouillés à peine séchés. Ils ont cherché leurs vêtements, elle a pris le temps de se brosser les cheveux et ils sont partis se baigner. Ils se sont arrêtés sur la Corniche, assis devant l'horizon ils ont décidé de partir.

Ils se le sont dit. On part.

Il y a longtemps qu'elle y pensait. Qu'est-ce que tu croyais, que j'allais moisir à Pikine jusqu'à la vieillesse ? Non, moi, c'est les Champs-Élysées !

Vivi très belle et tellement heureuse. Disparues les zones d'ombre, les esquives, les colères. Vivi lui apparaissait simple et tout l'était devenu.

Il y aurait des formalités, faire le tour des gens qu'il avait rencontrés : Thierno, le marchand de journaux de la librairie Linoa, le caissier de chez Filfili. Licart.

Ils étaient maintenant deux fiancés rayonnants. Ils jouaient au couple modèle. Elle s'était installée chez lui et personnalisait ces lieux anonymes.

Vivi au lit, le visage éclairé d'un sourire intérieur, les mains posées gracieusement sur le ventre, les yeux demi-fermés tandis qu'il évoquait le départ. Couché à côté d'elle, il dessinait vers le plafond les lignes de leur nouvelle vie. Elle habiterait chez lui, ils vivraient là-bas, sous le même toit, comme mari et femme. Il frisson-nait[163] d'y penser, de la savoir à lui dans son deux-pièces à Paris, comme dans une boîte, il fantasmait sur ce qu'il lui ferait dans cette boîte, là-bas, rue Oberkampf. Il s'imaginait Vivi nue qui l'attendait en sueur d'avoir dansé des heures sur la musique à fond.

Vivi portait au cou une minuscule étoile qu'il lui avait offerte après leur terrible scène, petit caillou

---

163. Frissonner (v.) : *Trembler à cause du froid ou d'une émotion.*

de lumière qui tremblait contre sa peau mate quand elle riait attablée avec ses amis. Il en avait rencontré quelques-uns, des filles délurées[164], un barman, des « cousins », des « petits frères ». Il l'écoutait parler wolof avec ravissement. Elle l'entraînait chez les uns et chez les autres. Le copain de Vivi, on lui faisait une place sur le lit, sur la natte, autour du fourneau malgache. Il parlait peu. Salim, un garçon rageur mi-sénégalais mi-mauritanien, cherchait parfois à le faire sortir de sa réserve[165]. Il assistait à d'interminables joutes[166] verbales, ponctuées de grands rires qui l'enchantaient. L'amitié qui circule, les conversations vives, la chaleur de la complicité. Il était dans l'ambiance sans dire grand-chose, ils étaient ensemble. La main posée sur le corps de Vivi, qui s'animait, qui s'énervait, claquait la langue et se renversait en riant, frappant des mains l'une contre l'autre. Elle se tournait vers lui parfois, son homme, et s'il croisait son regard, il lui semblait y déceler une lueur inquiète qui lui donnait l'envie de se jeter sur elle, toute à lui, tout entière.

Il n'était question que du départ. Plutôt que de l'accompagner, elle penchait pour le rejoindre, en partant de son côté. Lui, rêvait de ce voyage à deux. Elle devait mettre ses affaires en ordre. Il trouvait ça

---

164. Déluré (adj.) : *Avoir des manières trop libres.*
165. Réserve (n.f.) : *Discrétion, timidité.*
166. Joute (n.f.) : *Débat brillant.*

bizarre, mais sans chercher plus loin. Quelles affaires ?
On en reparlerait. Il la regardait dormir et il se projetait
des images de France. Vivi rue Oberkampf, le froid, la
grisaille, et la vision l'effrayait, il revenait bien vite à la
lumière dorée de leurs journées dakaroises.

Licart se retrouverait seul après le départ de Vivi,
plus personne pour le tarabuster[167], mais plus personne
pour prendre soin de lui. C'était là le problème. Vivi
s'en fichait. Elle partirait sans se retourner. Elle n'était
pas rentrée à Pikine depuis la crise. Elle lavait ses
sous-vêtements dans le cabinet de toilette et les laissait
sécher la nuit sur le dossier d'une chaise. Veux-tu que je
t'accompagne le voir ? Lui dire ce qui se passe. Jamais !
elle durcissait le ton. Il revenait à la charge[168], tout à son
bonheur, le sort du vieil homme lui semblait misérable.
Vivi avait déjà disparu quelques fois, il avait l'habitude.
C'est pas ton problème. C'était là le dernier périmètre
de terrain miné, zone mouvante autour de Vivi, l'ombre
qu'il chassait bien vite.

Malgré la fourberie[169] dont Licart avait fait preuve,
il se sentait coupable vis-à-vis de cet homme qu'il avait
sollicité et qui l'avait reçu aimablement.

---

167. Tarabuster (v.) : *Traiter quelqu'un durement. (fam.)*
168. Revenir à la charge (exp.) : *Insister (continuer à faire quelque
chose), faire une nouvelle tentative.*
169. Fourberie (n.f.) : *Action pour tromper quelqu'un et ne pas dire
ce qu'on pense.*

Et puis le frisson du voyage l'emportait sur tout. La nuit, les yeux ouverts, ils comptaient les jours. Elle lui posait très peu de questions, ce n'était pas la peine, il répondait à toutes avant qu'elle ne les formule. Il avait raconté sa rue, sa chambre, ses amis, il évoquait les situations insolites de leur bonheur à venir. Appuyée sur les coudes, elle écoutait, le souffle court, les lèvres brillantes, les sourcils arqués par la curiosité. Un tel bonheur, personne ne lui prendrait. S'aimer, rester couchés dans l'atmosphère alourdie des odeurs de leurs corps, de la fumée de leurs cigarettes. Engourdis, heureux, ils titubaient s'ils devaient s'habiller, sortir cligner des yeux dans la grande lumière de l'avenue, marcher sans se lâcher, lui collé contre elle, aller jusqu'à la plage, attraper Vivi dans l'eau, faire glisser son maillot et très vite, sans y paraître, très fort, s'enfoncer en elle. Encore et encore.

21

Tu veux voir la boutique?

Nous allions rejoindre ses amis dans une boîte de nuit, quand elle s'est immobilisée. Le blanc des yeux brillant, encourageante, elle souriait.

C'est là.

En face, de l'autre côté de la rue.

Je n'avais jamais pensé à rechercher la boutique. Elle avait compté, pourtant, dans la décision du départ. Les mauvaises affaires de Manuela.

J'ai tout à coup la gorge serrée.

Une grille de fer tirée depuis longtemps, des cartons que l'on devine, entassés derrière un voilage malpropre. Un panneau « À louer » glissé la tête en bas. Des lettres de plastique décollées, le nom amputé d'une activité de bureautique.

Tu es sûre?

Si près de l'appartement, pourquoi n'en avoir pas parlé plus tôt? Vivi juchée sur de hauts talons se presse contre moi. Plutôt que de traverser, j'ai envie de passer mon chemin. Mais elle ne bouge pas et me barre la route.

On passait par ici quand Manuela m'emmenait chez Gentina. C'était déjà abandonné. Elle marchait vite, sans tourner la tête, je comprenais que c'était triste pour elle. La façade était encore rose à l'époque. Un jour, elle a voulu qu'on traverse. Il y avait des enveloppes glissées sous la porte. À voix basse, elle m'a dit comme pour jouer, tu te rends compte, et si c'était du courrier pour moi. Je me suis accroupie sur le trottoir, pour essayer d'attraper les papiers avec les doigts. Elle regardait à travers la vitrine, il y avait un rideau comme aujourd'hui, elle a vu qu'ils avaient gardé le miroir, je m'en souviens. Ils l'ont gardé, Vivi! Mon miroir. Je crois que c'était devenu un institut de beauté après son départ. On était émues toutes les deux, j'essayais à mon tour de voir à l'intérieur, c'était surtout du désordre et des choses renversées.

Un type s'est arrêté pour nous regarder faire. Elle était complètement ailleurs. Il nous a demandé ce que nous cherchions. Manuela s'est un peu réveillée, elle a commencé à tout lui raconter. Qu'avant c'était sa boutique, qu'elle était un peu comme chez elle. Il était trop content, ils ont engagé la conversation. Ça ne me plaisait pas, mais elle continuait. C'était ses souvenirs. Le type a dit qu'il connaissait le propriétaire, qu'il pourrait nous avoir les clés. Tu regardes et tu t'en vas, j'ai pas aimé qu'il la tutoie. Elle voyait pas le problème.

C'est ta fille ? Elle a soupiré : Non, malheureusement. Je regrette, mais elle a rajouté ensuite, avec des
grands yeux : Malheureusement, je n'ai pas d'enfant. Et
elle lui a fait un grand sourire.

J'ai essayé de l'entraîner mais elle commençait à
s'agiter pour le séduire. J'en avais marre. Le type nous a
suivies, il a continué à la baratiner, à lui chuchoter des
choses, il voulait coucher avec elle, il voulait de l'argent
pour ça. Elle s'est laissé faire quand il l'a prise par la taille.
Elle a dit que mon père allait s'inquiéter et qu'il fallait me
ramener. Je marchais devant eux et quand on est arrivé au
club, je suis partie en courant sans dire au revoir. L'année
suivante, mon père avait quitté la gérance et quand on
s'est revu, je te l'ai dit, c'était plus pareil.

Çapulamort. La méchante mécanique de mes
souvenirs remontée à bloc, je résiste à Vivi qui me prend
par la main pour m'entraîner vers la boîte de nuit.

Sans insister, elle s'éloigne. On se retrouve là-bas.

Extérieur nuit, silence total.

Je stationne en face de la boutique. Je ne ressens
rien. Une enseigne de fortune en néon diffuse une
clarté glauque. Le long des grilles tirées, des magasins
fermés, des gravats jonchent le sol, des ordures, des
formes indistinctes.

Pas âme qui vive, ça pue la mort.

Pourtant, quelque chose remue. Une forme se secoue. Couché sur des cartons, quelqu'un bouge, repousse ses hardes[170], s'agite en marmonnant.

Quelqu'un est là qui émerge du sommeil.

Exiguë[171], enfumée, la boîte[172] est comble. Bousculé de toute part, il cherche Vivi. Il hésite à pénétrer plus avant dans la nasse trépidante. Salim lui crie quelque chose qui se perd dans le brouhaha[173], le visage distendu à toucher le sien. Plutôt que de scruter[174] la piste de danse, il va se poster quelque part, contre la moquette rouge qui tapisse les murs du night-club, Vivi l'apercevra. Elle lui apparaît soudain, aussitôt disparue, dans un faisceau de lumière lui faisant de grands signes. Mais alors, confiant, il s'enfonce dans la houle[175] des corps.

Ils sortent les derniers, ou presque. L'aube perce timidement le ciel vaporeux. Leur petit groupe hésite au milieu de la chaussée. L'un des garçons s'acharne[176] à démarrer une vieille moto.

---

170. Hardes (n.f.) : *Vêtements en très mauvais état, très vieux.*
171. Exigü (adj.) : *Qui est trop petit.*
172. Boite de nuit (n.f.) : *Discothèque, endroit où on danse le soir.*
173. Brouhaha (n.m.) : *Gros bruit à cause de nombreuses voix.*
174. Scruter (v.) : *Regarder avec beaucoup d'attention.*
175. Houle (n.f.) : *Mouvement de la mer.*
176. S'acharner (v.) : *Poursuivre une action jusqu'à réussir.*

Je te la démarre, tu me la prêtes. Vivi rit déjà. Nous avons la même idée. La moto est pour nous.

Monte, Vivi. Et nous sommes partis comme une fusée.

Nous irions guidés par le soleil. Droit sur lui qui se lève au nez de la presqu'île. La fraîcheur du matin vivifie nos corps engourdis par la danse, les cheveux nous battent la figure et les tempes, la moto hurle dans les rues endormies du Plateau. On ira jusqu'au bout du cap. Laissant Dakar derrière nous et tout le continent. Vivi contre mon dos, le menton enfoui dans mon cou. Irradiés par la blancheur crue du jour naissant, l'ombre de nos corps soudés sur la moto sautant les talus et les épineux. À la vitesse de la lumière, Vivi, le monde est à nous.

22

Le départ approchait et il se faisait un devoir de faire ses adieux à Thierno. Il lui avait semblé préférable de s'y rendre seul. Il en avait convenu avec Vivi. À peine éloigné, il le regrettait. Ce qui lui paraissait nécessaire couché contre elle, lui semblait inutile une fois seul dans cette ville. Il connaissait à peine ce Thierno. Il aurait pu quitter Dakar sans le revoir. Personne ne le lui aurait reproché. Vivi de son côté avait à faire. À faire quoi ? Il sentait s'installer l'inconfort de la jalousie. Il résistait à s'emballer, à dérouler le film de ses après-midi d'hôtel, inquiet malgré tout de ce temps sans lui.

Cela paraissait tout simple d'expliquer à Thierno sa nouvelle vie. Il rentrait en France, mais il ne rentrait pas seul. Il avait rencontré la femme de sa vie. En face de Thierno, sous la tapisserie des exploits de Lat Dior, il avait conscience de faire un peu de cinéma, grisé[177]

177. Être grisé (v.) : *Se sentir comme saoul.*

par la bienveillance qu'il prêtait à son hôte. Je suis fou d'elle. Il savourait d'exposer son amour à la lumière.

Thierno semblait content pour lui, quoique peu disposé à développer le sujet. Il restait silencieux depuis son arrivée, excepté quelques mots de bienvenue. C'est d'ailleurs pour combler ce silence qu'il s'était lancé dans ces confidences affectées.

Drapé dans un ample boubou, Thierno se déplaça sur lui-même et sortit des profondeurs de son vêtement un gros chapelet qu'il entreprit de faire glisser entre ses doigts. Le ciel s'était voilé et la pièce assombrie. Thierno se racla la gorge et, tout en levant l'index, prit enfin la parole.

Madame Manuela ne m'a pas confié son fils, elle ne m'a pas confié sa maison, ni ses biens; elle m'a simplement donné la chèvre pour en disposer à ma guise. Son fils aujourd'hui, Allah est grand, est devant moi, il me salue et il me remercie d'avoir croisé son chemin. Madame Manuela ne m'a rien demandé, je dirai à son fils que je suis content de l'avoir vu de mes yeux. Mais je ne dirai rien d'autre à ce fils qui va retourner d'où il est venu, de la France, qui repart maintenant d'où il est venu, inch'Allah.

Le silence qui suivit fut presque insupportable[178]. Cet homme, après tout inconnu, me faisait passer

---

178. Insupportable (adj.): *Qui ne peut plus être supporté, accepté.*

un mauvais quart d'heure. J'avais hâte de débarrasser le plancher, mais la bienséance[179] exigeait de tenir le choc un nombre infini de minutes diplomatiques. Un garçonnet entra avec un plateau chargé d'un verre de Coca-Cola et d'un saladier de beignets. Il posa le tout devant moi et me tendit le verre dont je m'emparai, soulagé de me donner une contenance. Le Coca était chaud, mais le petit garçon semblait si content de me regarder boire que j'appréciai la diversion. Thierno avait pris son front dans sa main gauche et il me semblait même qu'il fermait les yeux. L'inquiétude m'envahit d'être importun, de m'incruster peut-être à l'heure de la prière. Et puis j'en avais marre. Je me levai brusquement, ce qui effraya l'enfant. Thierno, merci encore.

J'avais laissé Vivi pour venir me faire sermonner, je ne doutais pas qu'il s'agissait d'un sermon. Il était contre. J'avais compris cela. Contre Vivi, et contre tout le reste. Dans mon bavardage à l'eau de rose, j'avais clairement évoqué notre mariage, j'étais sûr qu'il était contre. Ce type m'emmerdait, je n'éprouvais plus aucune gratitude[180], il s'était révélé à peine poli. J'ai pris congé en préservant les formes, mais j'étais débarrassé de lui pour toujours et cela me convenait parfaitement.

---

179. Bienséance (n.f.) : *Ce qui est bien, conforme aux coutumes, aux habitudes.*
180. Gratitude (n.f.) : *Sentiment de reconnaissance envers quelqu'un qui vous a aidé.*

Je courais rejoindre ma bien-aimée, la femme de ma vie. Et s'il fallait l'épouser pour la garder, pourquoi pas. Elle n'en avait pas besoin, avec un père français, et je regrettais l'occasion d'un mariage blanc qui ne le serait pas du tout. On verrait bien.

Poussant devant moi une canette de Coca qui restait, miraculeusement, à chaque coup de pied, dans ma trajectoire, j'ai hélé un taxi pour rentrer plus vite et me retrouver dans ses bras.

Ce type est contre, tu imagines! Sans te connaître. À l'entendre, j'aurais dû rentrer à Paris, tête basse, tout plein du souvenir de ma mère. C'est presque un sacrilège de regarder vers l'avenir. Quel con!

Elle ne riait pas, elle paraissait même choquée de ma grossièreté[181].

Tu exagères.

Ah oui, il a simplement dit qu'il ne me dirait rien. Tu trouves ça aimable? Pas un mot de plus. Dans un pays comme le tien, c'est une déclaration de guerre. En plus, il ne te connaît pas!

Si. Comme tout le monde. Ici tout le monde sait quelque chose sur tout le monde.

Mais qu'est-ce qu'il sait?

---

181. Grossièreté (n.f.): *Parole ou action qui n'est pas élégante, qui manque d'intelligence et de goût.*

J'avais crié, j'étais furieux.

De l'or pétillait dans ses yeux noirs, son haleine sentait la cigarette et le brillant à la fraise.

23

J'étais obligé de reconnaître que la visite chez Thierno m'avait troublé. Cette fille dont je détournais la trajectoire[182], arrachée aux sables de Pikine, aux restaurants des Almadies, aux night-clubs du centre-ville, Viviane Licart, métisse sénégalaise, représentait toute ma vie désormais. Qui sait si un jour elle ne m'apparaîtrait pas comme une étrangère ? J'appréhendais ce malheur annoncé et je haïssais Thierno. Je retrouvais la méfiance qui m'avait oppressé avant de me résoudre à lui rendre visite. Il devait rêver d'aller en France, il était jaloux de Vivi et il la méprisait. J'étais venu le saluer les mains vides, il attendait de l'argent, j'aurais dû y penser. C'est par dépit qu'il m'avait si mal reçu. Je me sentais injuste, mais cela me faisait du bien.

---

182. Trajectoire (n.f.) : *Ligne décrite dans l'air par quelque chose qui est lancé.*

La colère ne me consolait pas. Elle ne brouillait que partiellement le fond du problème. Cette visite remettait en cause ma conviction profonde d'être chez moi ici. Pas comme Licart avec sa posture de conquérant[183]. Non, moi j'étais d'ici, tout simplement.

J'étais d'Afrique, c'était mon bain amniotique[184].

Pourtant, chez Thierno, l'instinct m'avait manqué, j'avais enfreint quelque chose qui m'échappait. Vivi riait d'imaginer un homme d'une telle prestance[185] aux prises[186] avec des considérations si légères, une conversation de jeunes filles. Chez nous, dans mon pays comme tu dis, l'amour on n'en parle pas comme ça.

Africain. Personne ne me reconnaissait comme tel. Je devais m'y résoudre, repérable à la couleur de ma peau, toubab j'étais, sans équivoque[187].

Des souvenirs d'enfance remontaient à la surface, en France chez mon grand-père, la petite école de

---

183. Conquérant (n.m.) : *Personne qui a séduit des femmes ou a montré sa puissance par les armes.*

184. Liquide amniotique (n.m.) : *Liquide qui entoure un bébé dans le ventre de sa mère.*

185. Prestance (n.f.) : *Comportement élégant et imposant.*

186. Aux prises avec (loc.) : *Se battre avec, être confronté à quelque chose.*

187. Sans équivoque (loc.) : *Qui ne peut avoir qu'une seule signification.*

Noyers-sur-Cher, des enfants dont j'avais partagé les jeux, la pension, les grandes vacances à Cogolin. Des pans entiers de ma vie de petit Français surgissaient et m'isolaient encore davantage.

Je souffrais. J'étais jaloux. De Vivi, de Thierno, de tous les Africains.

Jaloux de ne pas être fait comme eux de glaise[188] et de sang d'Afrique. Vivi ne comprenait pas. Nous sommes du même sang, c'est toi-même qui l'as dit.

C'est vrai, j'avais été jusqu'à boire ce sang. Aspirer pour rire une piqûre de moustique, de celles que l'on gratte jusqu'à la plaie, pour soulager de la démangeaison. Une belle goutte de sang frais sur son bras velouté.

J'avais détesté Laetitia pour qui c'était tellement simple de se coucher sur une serviette au soleil de la Petite Côte. Je l'avais haïe pour son enthousiasme bête, elle qui n'y comprenait rien, qui trouvait tout super. Les vacances, les Sénégalais, les cours de planche à voile. Et puis peu à peu j'avais glissé dans sa façon de voir, engourdi ma tristesse, mis de côté mon histoire. Sur ces grandes plages impersonnelles, je partageais comme elle des amitiés d'occasion avec le personnel de l'hôtel et les play-boys de la plage, mes frères autoproclamés

---

188. Glaise (n.f) : *Terre pour faire de la poterie.*

qui me fournissaient en yamba[189] et me claquaient la paume. Le soir autour d'un feu, emportés par un tam-tam folklorique, nous dansions jusqu'à la transe avec nos nouveaux amis.

Notre escapade s'était bien terminée. Nous étions rentrés hyper bronzés, plein d'énergie et nous avions repris le cours de nos vies d'étudiant besogneux, gonflés à bloc[190].

Africain. Revenu de chez Thierno, tout avait changé. Meurtri par son accueil, je prenais mes distances.

De toute façon, je n'étais pas d'ici.

---

189. Yamba (n.m.) : *Cannabis, drogue.*
190. Gonflé à bloc (expr.) : *Plein d'énergie.*

24

C'est qui, Laetitia ? C'est qui, cette pute ?

De nouveau le chaos. À deux jours à peine du départ. Nous revenions d'une soirée arrosée chez une copine de Vivi qui vivait dans l'appartement d'un coopérant[191] français. L'homme n'était pas là et elle avait improvisé une fête pour notre départ. Étourdis d'alcool et de musique, nous rentrions bras dessus dessous quand, dans l'obscurité de la cage d'escalier, j'avais à mon insu commis l'irréparable. Le visage enfoui dans son cou, j'avais chuchoté : Laetitia, enlève cette culotte, tout de suite, maintenant.

Un blanc.

Juste un silence et elle m'a craché à la figure, frappé des poings, sifflant comme la vipère qu'elle savait devenir. C'est qui cette pute, c'est qui ? C'est personne,

---

191. Coopérant (n.m.) : *Personne qui travaille à l'étranger à la place du service militaire.*

Vivi, c'est personne. Une fille que j'ai connue dans le temps, je l'ai quittée, oublie ça, Vivi, c'est personne, c'est une erreur.

En réalité, c'était elle qui m'avait quitté, l'année suivant notre voyage à Dakar. J'étais trop sensible, trop passif, c'est ce qu'elle avait pris comme prétexte, elle avait besoin d'un copain plus macho, un homme un vrai. J'avais été triste et indifférent, je m'étais senti très seul, mais plus tranquille. Les choses s'étaient équilibrées.

Je me suis dégagé pour ouvrir la porte de l'appartement et la lumière a envahi la cage d'escalier. Vivi s'était tue et me tournait le dos. Affolé, je continuais à bredouiller dans l'espoir qu'elle m'écoute. Elle est passée devant moi, le visage buté, et s'est couchée tout habillée, tournée contre le mur.

Sur une chaise tirée devant le lit, la tête entre les mains, je gardais le silence, aux prises avec l'énigme de ce lapsus tragique.

Je me suis réveillé au petit jour sur ma chaise dure et j'ai mis quelques minutes à replonger dans le drame. Vivi dormait, les yeux cernés, le visage légèrement bleuté par la clarté de l'aube. Elle était grave et adorable, et la tête dans les mains, je me maudissais d'avoir fait surgir les démons, les rabs et tous les autres. Vivi ronflait légèrement, le sommeil ravivait le visage émouvant de la fillette qu'elle avait été. Je l'aimais. C'était ma copine, ma petite-cousine, ma demi-sœur, la petite poupée de Manuela. J'avais fini mon pèlerinage[192], j'allais rentrer consolé et pourtant il avait suffi d'un peu de froideur chez Thierno, ou de ce que j'avais pris comme tel, pour doucher cette histoire.

J'emmenais Vivi et je m'imaginais responsable d'elle, sans doute à cause de ce visage d'enfant mal aimé que révélait son sommeil. Je l'emmenais et quoi ? Si nous nous déchirions de nouveau, si elle piquait ses colères enragées, si ce mystérieux rab reprenait de la force…

La vipère a ouvert un œil fatigué et m'a toisé avec le sadisme de l'indifférence. Un petit mec comme toi je regarde même pas. Baïma[193] ! Arrivé là-bas tu me revois plus, t'as compris. Plus jamais-rek[194] ! Sa voix enflait pour mieux me convaincre de sa détermination présente et à venir, de son mépris, de son dégoût. Sans plus s'occuper de moi, elle a rassemblé quelques vêtements et claqué la porte.

Je ne lui ai pas couru après.

---

192. Pèlerinage (n.m.) : *Voyage religieux sur un lieu sacré.*
193. Baïma : *En wolof : Laisse-moi tranquille.*
194. Rek : *En wolof : Seulement, juste.*

Notre avion décollait le lendemain à 23 heures 55. Je l'avais finalement persuadée de faire le voyage ensemble. Heureusement. Elle reviendrait faire ses bagages. Je l'attendrais sans bouger.

Je l'attendrais pour ranger, pour dire au revoir, pour rendre les clés. Je l'attendrais sans rien faire. J'écoutais l'inquiétude me grimper dans le corps. Et puis je me rassurais. À l'arrivée, elle aurait besoin de moi.

J'aurais voulu me recouvrir la tête de cendres et déambuler comme les fous dans Dakar. Grimacer ma souffrance au nez des passants. Hélas, un toubab comme moi n'avait qu'à rester tranquille, le temps de la retrouver viendrait, inch'Allah. Je n'avais qu'à attendre sans faire de scandale.

Sans bouger, pour ne pas risquer de la manquer.

Dans cette pièce désertée où sa présence s'efface avec la lumière d'une belle journée qui s'installe. Une belle journée pour se retrouver sur l'île de N'gor, à la plage, avec les autres, manger du poisson grillé, sommeiller sur une serviette, chahuter dans l'eau. Et Vivi couchée sur le sable, dont j'enduis soigneusement le corps d'huile. Les yeux fermés, qui savoure à mi-voix mes caresses. Mes mains sans fin sur elle sans se lasser. Son minuscule maillot blanc qui tranche sur sa peau dorée. Vivi qui se retourne, et malicieuse, les yeux toujours fermés, veut l'huile aussi devant.

Tout seul en ville, à l'heure somnolente de la sieste et des plages. Misérable dans ce décor dévasté. La vie à deux, l'avenir, abandonnés comme ce tee-shirt au pied du lavabo, du linge sale qui retient son odeur. Vivi, Viviane, tout ce que tu voudras, reviens.

Tourner le robinet, regarder l'eau couler, entraîner lentement quelques longs cheveux sinueux au fond du lavabo. Les yeux rougis par l'angoisse et le mauvais sommeil, se raisonner. Préparer le départ, le moment de la revoir. Prendre une douche, être prêt, ranger. Et l'espoir encore qu'elle revienne.

Il avait espéré qu'elle rentrerait dans la soirée, au bout de cette journée sans fin. La nuit venue maintenant s'étire à son tour. Et lui, fin prêt, chemise propre, valise bouclée. Il a rangé, nettoyé surtout, pour tuer le temps, le frigidaire, les plaques électriques, la salle de bains, pour distraire le mal, pour occuper le corps. Il a rassemblé les affaires de Vivi, du linge, une paire de sandales, du vernis à ongles, trois fois rien. Il a retrouvé abandonnée dans le cendrier l'étoile en argent qu'il lui avait offerte, pépite minuscule, dont il observe l'éclat jouer sur sa paume. Elle ne viendra plus ce soir. Elle ne viendra plus cette nuit déjà bien avancée.

25

Il s'est réveillé brutalement, stupéfait qu'il fasse grand jour dans cette pièce bien en ordre au milieu de laquelle il se dresse soudain, angoissé d'être en retard, habillé comme il l'est pour le voyage. La ville excitée vocifère[195] dehors, et la hargne de l'embouteillage l'attire sur le balcon. L'air chauffé au gasoil sent l'iode et l'arachide. Évitant les trottoirs encombrés, les passants circulent entre les véhicules, exagérant encore l'exaspé-ration[196] générale. Sa dernière journée. Moins pire que la veille puisqu'il a l'assurance de la revoir.

Il est ridiculement prêt et la perspective des douze prochaines heures le démoralise encore davantage. Rester, attendre. Bouger, risquer de la manquer. Quel que soit son dénouement[197], cette journée solde son voyage.

Alors, bouger, au moins faire un tour en ville.

---

195. Vociférer (v.) : *Crier avec colère.*
196. Exaspération (n.f.) : *Grande colère, irritation.*
197. Dénouement (n.m.) : *Fin d'un roman, d'une histoire.*

Étourdi par l'agitation ambiante, la tête lui tourne quand il débouche en pleine lumière sur le trottoir.

Taxi, patron ? Taximan ?

Du chauffeur, il distingue surtout l'éclatante dentition, et son propre reflet dupliqué dans une paire de Ray-Ban made in Taïwan. Viens t'asseoir. Tu t'assois, après on discute. Sans problème. En se contorsionnant vers la banquette arrière, l'homme lui ouvre la portière. Monte, on va discuter, mon ami. Où tu veux aller, la Patte d'oie, le Savannah, Fann-Résidence…

Je ne sais pas. C'est ma dernière journée, j'ai rendez-vous à l'aéroport. En attendant, ça m'est égal.

Il est à quelle heure, ton avion ? Waï, mais c'est trop tôt ça ! Douze heures de temps ! Et où sont les bagages ?

Ça l'égaye, Modou Fall, ainsi que le chauffeur du véhicule à côté. Par la fenêtre, ils échangent quelques exclamations en wolof sur le dos du toubab. Le feu est passé au vert, on a déjà fait quelques mètres, l'affaire est engagée.

Vraiment, patron, douze heures, c'est trop. Je te fais faire le tour, le grand tour. Combien tu payes ?

Il me montre sa carte : Modou Fall. Chauffeur de taxi, Grand-Yoff, Aéroport, Almadies.

Au phare des Mamelles ! Ça m'est venu comme ça, monter sur le phare pour voir Dakar scintiller en plein soleil.

No problème. Français, Belge ? Français. Mais j'ai grandi ici. Il hoche la tête. Ah ! bon. Au feu rouge, il échange quelques formules sonores avec un autre automobiliste.

Enjoué, de nouveau il me questionne : Alors, monsieur Dakar ? Ses lunettes réfléchies dans le rétroviseur. Toi tu es un vrai Sénégalais-dé.

Non, enfin oui. Comme il veut.

Je regarde la ville défiler par la portière. L'absence de Vivi pèse sous ma chemise, obstrue le paysage. Sur l'autoroute, le taxi prend de la vitesse et Vivi géante s'anime au-dessus des dunes et des maisons sableuses, radieuse sur le bleu profond du ciel.

La voiture se gare sur le parking du phare. Le chauffeur coupe le moteur et se tourne vers moi avec emphase : Le phare des Mamelles !

Je sais.

On pourrait rouler jusqu'à ce soir, ça m'irait aussi bien, aller jusqu'à Rufisque, et au-delà.

Sortir de la torpeur[198]. On est arrivé quelque part.

Me voici devant Dakar déployé à mes pieds. Au loin, la pointe de la presqu'île s'allonge dans l'océan. Sur la ville, un nuage trouble adoucit l'éclat des buildings et des carrosseries dont on distingue la lente progression.

---

198. Torpeur (n.f.) : *État proche du sommeil.*

Le ciel et la mer flamboient dans la chaleur, un oiseau solitaire plane en cercles paisibles. Je m'efforce de mémoriser chaque détail, pour plus tard, quand je m'en ficherai moins, quand cette journée prendra sa place au milieu de toutes celles qui composent mon histoire.

Que la ville d'aujourd'hui efface celle d'autrefois.

Tu veux faire la visite ? Ce chauffeur prend son rôle très au sérieux, j'ai conscience de ne pas être un client facile. Alors, la visite, puisqu'il y tient.

Lui, il reste à l'extérieur avec deux camarades d'occasion, il va m'attendre ici.

Je franchis la grille entrouverte et m'engage dans l'allée qui monte au jardin du phare. Deux petits enfants accourent avant de s'immobiliser à bonne distance. Une allée de gravier contourne une plate-bande de cactus bordée de galets peints en blanc. Une rangée de filaos maigres surplombe le point de vue. En contrebas, j'aperçois la plage des Mamelles, l'eau turquoise et les rouleaux inlassables qui cassent sous la falaise. L'hôtel de N'gor, d'un rouge latérite, émerge des constructions anarchiques qui s'agglomèrent à perte de vue. Seuls espaces épargnés, les terrains bien ordonnés de l'aéroport et ses pistes d'atterrissage.

Il voit l'aéroport et il regarde sa montre. Visiter, il a largement le temps.

L'homme qui l'accueille est fier de son phare. Il tient dans les bras un bébé ceint d'un minuscule gri-gri[199], ses petites fesses dodues toutes froncées de fossettes[200].

L'ombre après la lumière du grand jour, l'odeur forte de salle des machines, l'escalier en colimaçon fait de métal léger, les voici tous les trois sur la coursive étroite qui encercle la lanterne monumentale, ses facettes biseautées soigneusement polies. Des cuivres dorés brillent dans la pénombre qu'entretiennent d'épais rideaux tirés.

L'homme écarte délicatement la tenture[201] et le blanc violent du jour quand la toile bleue s'entrouvre sur le vide, découvre une balustrade écaillée et fragile enrichie de minutieuses figures de lions.

Le phare le plus puissant d'Afrique. Le plus à l'ouest aussi.

Ils redescendaient quand il remarque le bureau. Un antique meuble d'administration en bois foncé protégé par une plaque de verre épousant la forme arrondie du plateau. Un bureau et une chaise poussés sous la fenêtre.

---

199. Gri-gri (n.m.): *Objet Porte-bonheur en Afrique.*
200. Fossette (n.f.): *Léger creux dans la peau.*
201. Tenture (n.f.): *Pièce de tissu pour décorer les murs.*

Un cadre en PVC et une vitre poisseuse[202]. L'océan pris dans une lentille[203] myope, qui force pourtant le regard, éclatant, triomphal. Le plein ouest à l'infini. Il s'assied. Un rectangle, et seul l'océan. Absorbé dans cette image liquide, il respire l'air et l'eau qu'il regarde, la couleur et la lumière dans laquelle il se baigne.

C'est sa place.

Le gardien a compris puisqu'il a continué de descendre. Le toubab a vu quelque chose, ça arrive, il saura bien trouver la sortie, c'est indiqué.

Combien de temps ? Il a vu la lumière changer et senti l'air fraîchir. Il a regardé monter le gris sur la mer. Et de nouveau il pense. L'heure est venue.

Waï[204], tu as duré, patron !

Le chauffeur salue ses camarades sans se presser avant de le rejoindre. Appuyé contre le capot jaune et noir du taxi, il frissonne face à la ville éteinte. L'absence de Vivi lui paraît monstrueuse. Il voit Dakar pour la dernière fois et l'effroi[205] lui serre le cœur.

---

202. Poisseux (adj.) : *Qui colle, qui est sale.*
203. Lentille (n.f.) : *Cercle en verre pour mieux voir.*
204. Waï : *En wolof : Mon pote, mon copain.*
205. Effroi (n.m.) : *Très grande peur.*

Rentrer en ville en passant par Ouakam. De cette façon ils passeront près du Point E.

Ah! Toi tu connais bien, mon ami!

Il veut revoir le baobab, il va lui donner du courage. Et chercher la maison, essayer. Le taxi ralentit après la station-service, il ne connaît pas le baobab, mais il voit bien où est le rond-point, la piscine olympique, tu connais la piscine?

Est-ce que la maison pourrait être là? Ils avaient déjà échoué à la trouver avec Laetitia, les haies de bougainvillées, les villas qui se ressemblent. À partir du baobab, il pourrait se repérer. Quel baobab?

Quel baobab? Devant cette piscine olympique, il ne saurait le dire.

De retour à l'appartement, l'immobilité poignante. Aucun signe d'elle. Il ne l'a pas manquée, elle n'est pas venue.

Elle n'est pas revenue.

J'avais gâché ma chance de triompher de la nuit effrayante, de l'aube poisseuse, du chant désolé du muezzin haché par le ressac[206], de l'odeur fétide[207] des égouts[208] à ciel ouvert, des algues pourrissant dans la baie de Hann, de la vase durcie au soleil de midi, du

---

206. Ressac (n.m.): *Recul des vagues après avoir touché la plage.*
207. Fétide (adj.): *Très mauvais.*
208. Égout (n.m.): *Lieu où sont évacuées les eaux sales d'une ville.*

chagrin, de l'absence, des jours et des jours fades qui m'avaient conduit jusqu'ici.

Compatissant[209], Modou Fall affiche une mine grave. Penché à la portière du taxi qui file vers l'aéroport, j'éparpille mon chagrin dans l'air salé. Tandis que, rouge sur les flots sombres, lourd sur l'horizon, le soleil s'abîme au large.

---

209. Compatissant (adj.) : *Qui est sensible à la souffrance, la douleur d'une autre personne.*

26

Je l'ai vue tout de suite, à travers la vitre, dans l'enceinte des départs réservée aux passagers. Elle avait rejoint la file d'attente pour enregistrer ses bagages. Une valise rouge sur un chariot poussé par l'inévitable porteur d'aéroport. À la descente du taxi, un petit bonhomme malicieux en uniforme vert m'avait emboîté le pas et dirigeait maintenant mon chariot dans sa direction. Quand il m'entendit la héler[210], il manœuvra habilement pour rapprocher nos bagages avant de se mettre au garde-à-vous. La gorge nouée, j'avais appelé Vivi par son prénom officiel : Viviane !

Elle a pris son temps pour se retourner et me dévisager à travers de grosses lunettes fumées que je ne connaissais pas, mâchant comme d'habitude un foutu chewing-gum à la fraise. Le masque. Seul mon petit

---

210. Héler (v.) : *Appeler quelqu'un de loin.*

bonhomme paraissait sensible à ces retrouvailles, il hochait la tête en souriant sans nous quitter des yeux. Son entrain[211], qui m'avait paru de bon augure[212], m'agaçait tout d'un coup. J'allais le rembarrer[213], mais il m'a devancé en se lançant dans une longue histoire embrouillée en wolof et en mauvais français pleine de rires et d'apartés[214], s'adressant tour à tour à l'un et à l'autre. Je n'y comprenais rien, mais Vivi, d'abord interloquée[215], semblait intéressée. J'avais envie maintenant de le serrer dans mes bras, s'il pouvait ouvrir une brèche, la faire sourire!

Et, soudain, elle s'est mise à rire. D'abord un peu, puis mieux. Enfin elle s'est tournée vers moi. Tu t'es fait un bon ami à l'aéroport. Un ami comme ça, c'est de l'or. J'ai répondu en avalant ma salive avec peine, on dirait que c'est surtout le tien, qu'est-ce qu'il te raconte? Des choses qui t'amuseraient si tu ne faisais pas cette tête.

Le miracle! L'espoir renaissait. Notre ami s'occupait maintenant de piloter nos chariots vers le pan incliné de l'enregistrement. Nous nous sommes approchés du comptoir. J'ai présenté mon passeport, mon billet, elle de même, et l'hôtesse tout naturellement

---

211. Entrain (n.m.): *Joie.*
212. De bon augure (expr.): *Bon signe, indice positif sur l'avenir.*
213. Rembarrer (v.): *Repousser brutalement par un refus. (fam.)*
214. Aparté (n.m.): *Conversation tenue à l'écart.*
215. Interloqué (adj.): *Très surpris.*

nous a placés côte à côte. J'ai risqué la faveur d'un hublot[216], Vivi souriante, quoiqu'un peu figée, attendait tranquillement la fin des formalités[217].

J'aurais embrassé ce merveilleux lutin[218] qui m'avait rendu Vivi.

Avant de nous quitter, il nous a fourni obligeamment deux formulaires pour la police, extraits tout cornés d'une poche de sa combinaison. Puis il nous a serré les mains avec ferveur, les yeux embués par la tristesse de notre imminente séparation.

J'exultais en m'approchant des guérites[219]. Nous avions pris deux files séparées et j'attendais Vivi pour passer avec elle le sas[220] de la sécurité. Je l'observais pendant qu'elle répondait au policier, elle portait une paire de bottes noires ainsi qu'une robe soyeuse et décolletée. J'apercevais des boucles d'oreille en or à travers les boucles de ses cheveux lâchés. La conversation durait et je devinais son corps sous cette robe un peu trop habillée, plus adaptée à un cocktail ou à une soirée au casino. Je rêvais de cette nuit en plein ciel. De son

---

216. Hublot (n.m.): *Fenêtre dans un avion.*
217. Formalité (n.f): *Opération administrative.*
218. Lutin (n.m.): *Petit démon.*
219. Guérite (n.f.): *Abri contre la pluie pour un soldat ou un policier debout qui surveille des bâtiments.*
220. Sas (n.m.): *Passage fermé avec deux portes. On ne peut ouvrir une porte que si l'autre est fermée. Système de sécurité souvent utilisé dans les aéroports.*

visage de petite fille qui prend l'avion pour la première fois. Elle m'a rejoint finalement, un peu pâle, et j'ai osé la prendre dans mes bras, la serrer contre moi, étouffer de bonheur dans ses cheveux adorés. Elle s'est laissé faire, s'est laissé aller. J'ai gardé sa main dans la mienne et j'ai posé son sac sur le tapis roulant.

J'ai jeté un dernier coup d'œil en arrière, tandis que nous nous dirigions vers la salle d'embarquement. C'est alors que je l'ai vu. Licart. Collé derrière un carreau, en équilibre pour nous apercevoir. Je me suis dépêché de détourner les yeux. Vivi était donc retournée à Pikine. Comment aurait-il su sans cela que nous partions ce soir-là ? Il était venu jusqu'à Yoff sans se faire voir. Il avait dû y avoir une sacrée scène pour qu'il la regarde partir en prenant soin de se cacher. Pour estomper[221] la vision dérangeante du vieillard, je me persuadai qu'il n'avait que ce qu'il méritait. Il avait cherché ce qui lui arrivait, bien fait pour lui.

Nous avons flâné[222] entre les rayonnages des articles en *duty free*, acheté des cigarettes, je lui ai offert du parfum. Je la tenais contre moi, j'aurais voulu que nous soyons le lendemain. Je lui aurais ôté ces bottes et fait glisser cette robe du soir par-dessus la tête, je n'en

---

221. Estomper (v.) : *Faire diminuer.*
222. Flâner (v.) : *Se promener pour le plaisir de regarder.*

finissais pas de me repaître[223] de notre avenir, demain chez moi et pour toujours. Je retrouvais la Vivi qui me faisait confiance, je savourais la joie de lui être indispensable, et la sensation nouvelle de la sentir vulnérable à mes côtés.

En me grattant la gorge, faussement indifférent, j'avançai cependant : Tu as revu ton père ?

Elle s'est tournée vers moi effrayée, c'est ce qu'il m'a semblé. Je me disais que tu aurais pu aller lui dire au revoir, l'informer. Et je risquais, tu as eu le temps. Elle a paru se décontracter, c'est vrai, j'ai eu le temps, un peu taquine, de faire plein de choses, j'ai revu des amis, j'ai dit au revoir. Je l'embrassais dans le cou, j'insistais pourtant. Tu ne lui as rien dit, je chuchotais dans le creux de son oreille, tu l'as plaqué comme ça ? Je jouais maintenant mais ce mensonge me tourmentait, elle jouait aussi. J'avais des choses, tellement de choses à faire. Quelles choses ? Nous étions des amants heureux et le moment du vieil homme était passé.

Officiellement, elle était partie sans se retourner. Plus tard, dans très longtemps, je lui demanderais les raisons de son mensonge. D'ici là, n'y pensons plus, et je chassais de mes préoccupations le vieux visage blême. Vivi, ça y est, on part, tu m'as tellement manqué. On reviendra, pour les vacances, on reviendra se baigner, on

---

223. Se repaître (v.) : *Se nourrir, satisfaire pleinement ses désirs.*

fera ce que tu préfères. On voyagera, tu prendras tout le temps l'avion, on ira au Japon, à New York. Tu feras du business. Tu seras la meilleure businesswoman du Sénégal. Tu apprendras le marketing à Paris. Je serai toujours là pour toi, on pourra se marier si tu veux.

Enlacés sur nos sièges en coque de plastique dans la salle de transit de l'aéroport de Yoff, je viens de demander à Vivi de m'épouser. Stupéfaite, elle repousse ses lunettes sur son front. Tu veux m'épouser[224] ? Je remarque une tension de fatigue autour de ses paupières. C'est vraiment ce que tu penses ? Oui, c'est ce que je pense, des cloches à toute volée carillonnent. J'en suis sûr.

---

224. Épouser (v.) : *Se marier. Devenir le mari ou la femme de quelqu'un devant la loi.*

Elle ne souhaite pas s'asseoir à côté du hublot, trop de vide, trop de noir, trop haut, trop de vertige, et puis elle se penche en travers de lui pour regarder quand même, il n'y a rien à voir, la nuque à hauteur de sa bouche, la poitrine pressée contre son torse. Ses mains qu'il voudrait glisser sous la soie de sa robe. Emmitouflés[225] sous la couverture, leurs rires étouffés et leurs baisers. Vite arriver et se jeter l'un sur l'autre. Six heures du matin. Faire l'amour, arriver, faire l'amour.

Au début, il l'avait remarquée dans l'allée jusqu'à leurs places. Le visage fermé, le masque aux lunettes recomposé. Il lui avait attaché sa ceinture comme pour un bébé. Elle était toute dure, toute raide assise à côté de lui. Il caressait ses doigts crispés sur l'accoudoir et lui chuchotait des paroles rassurantes quand l'avion a pris

---

225. Emmitouflé (adj.) : *Être enveloppé dans des vêtements chauds.*

de la vitesse. Il voyait bien qu'elle avait peur, il sentait sa peur depuis l'aéroport. Laisse-toi aller, c'est agréable, l'avion décolle pour les Champs-Élysées. Sa peur qu'il voulait chasser, qu'il allait vaincre.

Tu vois, tout va bien. Les hôtesses recommencent à circuler dans l'avion. Il biche[226] d'être l'homme de la situation. Il revient de loin. Vivi peu à peu se détend, c'est grâce à lui et c'est le bonheur. Ensuite, ils ont mangé comme des enfants qui jouent à la dînette, ils ont bu du champagne. L'hôtesse s'en est procuré pour eux en classe business. S'il vous plaît, c'est pour une grande occasion. Victorieux, irrésistible. Elle leur a trouvé une petite bouteille qu'ils partagent avec cérémonie, Vivi, enlève tes lunettes pour trinquer, ils boivent sans se quitter des yeux.

Ensuite, c'est encore plus gai, c'est comme ça qu'ils ont ri, qu'ils ont partagé leurs écouteurs, dispersé des magazines, cherché une position pour dormir, sur lui, contre elle, contre lui, sur elle. Ils n'ont pas sommeil, bouche contre bouche et que cela dure toujours.

Ils ont dû s'endormir parce qu'ils sont tout engourdis, un peu nauséeux quand les lumières de l'avion se rallument. L'odeur du café et les bruits de cuisine. Ils s'installent péniblement, abattent la tablette. Vivi derrière ses lunettes, la peur de nouveau, sensible. Plus

---

226. Bicher (v.): *Être content.*

de sourire, plus d'amour. Et lui s'étirant, fat[227], un peu bouffi, taquin. La main posée sur son bras, des chatouilles, eh quoi, c'est drôle !

Elle s'est complètement renfermée, il a cessé d'en rire, un peu inquiet tout de même. Le voyage n'était-il qu'une trêve ? Pourtant ils se marient, c'est décidé. Vivi, qu'est-ce que tu as ? L'atterrissage, c'est comme le décollage, c'est normal d'avoir mal aux oreilles, donne-moi ta main, bébé, ne t'inquiète pas. Et puis cette main toute molle, toute moite, ce visage de cire, les foutues grosses lunettes. Fais-moi un sourire. Mieux que ça, Vivi.

Quand l'avion s'immobilise et que les passagers applaudissent, il la serre dans ses bras, il aurait dansé s'il y avait eu la place, bien qu'elle soit de nouveau toute raide, cette superpoupée qu'il a ramenée à Paris.

Nous sommes tous comme des zombies dans la navette qui nous emmène vers les bâtiments de l'aéroport. Mal réveillés, endoloris de rester debout dans ce bus bondé qui se traîne entre les palissades et les terrains grillagés du *no man's land* des zones de fret. Il est six heures du matin. C'est long, je caresse la paume de Vivi, la petite bague dorée qu'elle porte au majeur. À l'arrêt maintenant, nous attendons, mais quoi ? Devant le

---

227. Fat (adj.) : *Qui se sent supérieur aux autres, qui a une trop haute opinion de lui-même.*

nôtre, un autre bus stationne déjà. Nous avons froid, elle tremble, ma fiancée, j'embrasse les cheveux de la femme que j'aime. Enfin c'est à nous, une porte, une seule, s'ouvre avec fracas. La police bloque la sortie. Passeports. Chacun prend son tour et c'est long. C'est compliqué. Certains sont dirigés à l'écart, le long d'un mur. Nous descendons parmi les derniers, Vivi et moi. Côte à côte, puis dos à dos, chacun son policier. Contrôle.

Circulez, monsieur.

Mais je suis avec mademoiselle. J'attends ma fiancée.

Il s'est passé quelque chose dans mon dos, ils se sont éloignés avec elle. Elle a gardé ses lunettes, je n'entends pas ce qui se dit, je voudrais m'approcher.

Je n'y comprends rien.

C'est Viviane Licart dans toute sa majesté qui vocifère et qui ne va pas se laisser faire.

Les policiers me refoulent, je voudrais lui parler mais elle me tourne le dos. On examine son passeport, elle sort d'autres papiers, elle fait des grands gestes, je voudrais intervenir mais on m'a pris par l'épaule, je dois m'éloigner.

Elle va vous rejoindre, monsieur.

Vivi, je te retrouve là-haut! Elle ne se retourne pas. M'a-t-elle seulement entendu? Je n'ose pas hausser la voix, ils ont dit qu'elle allait me rejoindre.

On se retrouve là-haut.

J'ai monté les marches.

Je suis fou de te laisser derrière moi. J'avais promis de ne jamais te quitter. Demi-tour, vite !

Mais le piège s'est refermé, personne ne retourne jamais sur ses pas dans ces labyrinthes à sens unique.

Panique. Je me précipite en direction des files de passagers, en désordre aux guichets de l'immigration. À l'aide. Trouver quelqu'un, qu'on m'explique.

On était ensemble, on est arrivés. Et je suis seul.

Je t'ai perdue.

On était ensemble, chaque pas m'éloigne de toi, de ce qui se passe en bas.

De toi, et de ceux que j'ai entrevus. Le garçon sportif, un joueur de basket, debout contre le mur. Le monsieur en costume, qui a sorti des liasses de documents d'une pochette et ajusté en tremblant une paire de lunettes. Contre le mur. L'homme pressé qui voulait sortir de l'avion le premier, au prétexte d'une correspondance, un businessman qui bousculait tout le monde. Lui aussi, contre le mur.

Je les revois tous. L'homme vêtu simplement d'un chandail qui porte une étrange gourde jaune attachée autour du cou. La mère et sa fillette endimanchée, qui nous sourit bravement, c'est une drôle d'heure pour une aussi belle robe.

Et toi, Vivi, qui te démènes habillée comme pour une soirée, qui gardes tes lunettes noires, survoltée, furieuse.

Contre le mur.

J'ai pris la file d'attente, laissé passer tout le monde. Je te guette, personne ne me rejoint, absolument personne.

Et soudain, je t'aperçois. Juste derrière une porte qui s'est entrouverte à côté de moi. Assise avec les autres.

À deux pas de moi, Vivi!

On ne passe pas!

C'est ma fiancée, Vivi, dis-leur. Laissez-moi entrer, je dois lui parler.

Circulez, monsieur.

Mais elle est avec moi. Tu m'entends, Vivi? Tu ne me regardes pas!

Elle a son profil des mauvais jours, elle fixe un point droit devant elle.

Viviane! Regarde-moi, qu'est-ce qui se passe?

Tous me regardent.

Tous ceux qui sont retenus dans la pièce avec elle. Et aussi, du coin de l'œil, les retardataires qui se pressent vers les tapis à bagages. Tous regardent, sauf elle.

Le policier va me fermer la porte au nez.

Mais elle est française! Laissez-la tranquille.

Dis-lui, Vivi, c'est dingue!

Et le pire est à venir.

Vous faites n'importe quoi, prenez au moins des Africains!

La honte vient colorer mon cou, mon front.
Mes frères. Mes sœurs.
La porte se referme.

Des coups de pied dans cette porte, mais le cœur n'y est plus. On m'emmène et ça m'est égal.
Ça m'est égal, je n'existe plus.

28

Des jours ont passé à faire des démarches, à téléphoner à des gens, à les rencontrer, tous ceux qui
pourraient nous aider. Mais, nous, je refusais de le voir,
nous n'existions plus depuis que j'avais perdu Vivi dans
le labyrinthe.

J'ai rencontré Viviane Licart à Dakar, et nous
sommes tombés amoureux. À l'aéroport de Yoff, je
lui ai demandé sa main. J'aurais pu la demander à son
père, mais nous n'étions pas en bons termes. Il est
venu à l'aéroport, mais n'a pas souhaité se montrer.
Il nous a regardés partir, je l'ai aperçu sans qu'il ne
le remarque.

Il n'y avait pas de Viviane Licart sur ce vol. Ce
n'est pas le nom que portait la jeune femme. Il s'agit de
mademoiselle Viviane, Véronique Dieng, née le 25 juin
1975 à Thiaroye, au Sénégal.

J'ignorais.

Vous ignoriez l'état civil de votre amie. Vous alliez l'épouser, vraiment ?

Nous venions d'en parler.

Si je peux vous donner un conseil, j'ai l'âge d'être votre père, ce sont de drôles de bases pour un mariage, un faux nom.

Vous ne comprenez pas, elle ne m'a jamais dit son nom. Je ne lui ai jamais demandé, je le savais, c'est tout. Je le savais parce que je l'avais rencontrée chez son père.

Admettons que ce monsieur soit son père. Vous en avez déduit qu'elle portait son nom. Vous ne le lui avez jamais demandé.

Mais cela me semblait évident. C'était son père, elle avait des rapports conflictuels avec lui, il lui avait fait la vie dure, elle lui rendait bien, sans parler de sa mère. Prudence, Marie, Véronique Dieng. Sénégalaise, originaire du Fouta Toro, disparue sans laisser d'adresse.

Donc, votre amie porte le patronyme de sa mère. Dieng. Viviane Dieng. Et vous l'ignoriez.

Mais qu'est-ce que ça change ? On n'a simplement pas eu l'occasion d'en parler. Je l'aime, je veux l'épouser. Qu'est-ce que ça change ! Qu'est-ce que ça change ?

Tout.

Mais elle est française, si son père est français.

Excusez-moi d'insister, mais il n'y a aucune preuve qu'il le soit.

Mais c'est un Français enfin, il est blanc, c'est un toubab.

J'entends bien, aucune preuve qu'il soit son père. Aucun document. Votre amie est en infraction sur le territoire français et sera reconduite au Sénégal.

Mais c'est dingue, on voyageait ensemble. On est ensemble !

À vous de faire le nécessaire, il y a des procédures. À partir du Sénégal, sinon c'est impossible.

Elle était en règle, elle a été contrôlée à Dakar, deux fois !

C'est comme ça, elle n'est pas la seule dans les mailles du filet.

Viviane Dieng.

Réfléchissez, elle vous a menti.

Elle n'a pas menti, l'occasion ne s'est pas présentée, c'est tout.

Menti par omission, si vous préférez. Si vous passez outre, rentrez avec elle et faites les démarches dans les règles. Épousez-la, c'est le plus simple. Et la demoiselle, qu'en pense-t-elle ?

Je ne sais pas.

Ils me l'ont arrachée et elle n'a pas eu un regard pour moi. Je ne le dis pas, mais tant que Vivi refuse le contact, mes démarches resteront lettre morte. Je ne le dis pas, mais elle refuse de me parler, elle a le droit de téléphoner depuis le centre de rétention. Elle ne le fait pas.

Huit jours ont passé, je sais qu'elle s'y trouve encore. J'ai fini par joindre une bénévole d'une association et je sais qu'elle embarque samedi. La dame a accepté de me renseigner quand j'ai pu lui donner son vrai nom. Elle était contente que mademoiselle Dieng ait un contact à Paris. Vous êtes un parent? Je suis son fiancé. Quelle chance pour elle, elle aurait besoin d'un peu d'argent, ici le superflu s'apparente au nécessaire.

Mais le lendemain, le ton avait changé.

Mademoiselle Dieng ne vous connaît pas, monsieur, et elle ne souhaite pas qu'on lui fasse la charité.

Écoutez, laissez-moi la rencontrer, je vous jure que je suis son fiancé, je veux la sortir de là, je veux l'aider.

Cessez d'importuner cette jeune femme. Mademoiselle Dieng a été catégorique[228]. N'insistez pas, monsieur.

Elle ne me connaît pas.

Et moi, est-ce que je la connais, cette mademoiselle Dieng qui refuse la charité? Mais je connais Viviane Licart, si fière, si orgueilleuse.

Elle a honte, Viviane Licart, fausse toubab, née de père inconnu. Enfermée avec ceux qui ont échoué, les retenus, les reconduits, les naïfs et les ignorants.

---

228. Catégorique (adj.): *Exprimer son opinion avec force et netteté. Clair et indiscutable.*

Enfermée par sa honte que redouble l'échec. Comment pourrait-elle accepter qu'il y ait un témoin ?

Je lui ai écrit au centre, a-t-elle seulement lu mes lettres ? Ou a-t-elle persisté dans sa composition dédaigneuse ? Je vous l'ai dit, je ne connais pas ce monsieur. S'il vous plaît, j'ai déjà assez d'ennuis.

J'ai l'espoir qu'elle ait accepté mes lettres.

Prends l'air que tu veux, Vivi, mais tu as accepté mes lettres. Et quand tu as pu tomber le masque, te trouver seule un moment, tu les as sorties de sous ta robe, où tu les avais cachées. Tu les as lues, Vivi, j'en suis sûr, et tu as pleuré comme moi quand je les ai écrites. En prenant soin de ne pas faire de bruit. Tes larmes ont brouillé l'encre des mots que je t'ai envoyés. Et puis ces lettres que tu aurais voulu garder, tu les as déchirées et tu les as jetées dans l'eau des chiottes[229] du centre de rétention.

Quand tu es sortie de là, tu étais dure comme la Pierre Noire. La pierre qui absorbe le venin des serpents d'Afrique, la pierre secrète des sorciers. Dure et glacée, encore plus froide que la peau de ces serpents qui t'empoisonnent depuis des années et des années.

---

229. Chiottes (n.f.) : *Toilettes. (fam.)*

Je sais que tu es partie sans encombre[230], mademoiselle Dieng. Qu'ils t'ont reconduite et que tu auras des ennuis s'ils t'y reprennent. La dame de l'association était troublée par mon insistance, j'ai réussi à la joindre le lundi après ton départ. Elle était distante mais troublée, parce que mademoiselle Dieng lui avait laissé une lettre à mon intention, gonflée comme un petit paquet, à mon adresse.

La dame l'avait mis à la poste le matin même.

Une photo. Celle d'une belle femme africaine, qui fume crânement, cigarette à la bouche, les yeux souriant à l'objectif.

Une petite boîte. Emmaillotée serré dans un bout d'étoffe griffonnée de calligraphies arabes. À l'intérieur, enfouie dans du coton, une bouteille de liqueur miniature.

Un mot, enfin. Sur une feuille de cahier, écrit au Bic bleu, d'une écriture appliquée, aux lettres bien formées. Un mot de toi pour la première fois, un mot dont chaque phrase semble avoir été pesée, un mot écrit avec un sérieux d'enfant.

Un mot signé Viviane.

C'est ma mère. Le borom m'a donné de l'eau pour la retrouver. Elle est en France. Il faut se laver les yeux le matin pendant trois jours. Viviane.

---

230. Sans encombre (loc.) : *Sans difficulté.*

Rien d'autre, juste une prescription et cette photo. Rien sur nous, le mariage, les projets. Rien qu'un flacon d'eau claire et Prudence ressuscitée. Prudence dont je détaille la photo à la rencontre de mes souvenirs, un éclat de rire, une odeur chaude. Je la reconnais, peut-être.

La pitié lui serrait le cœur, il contemplait dans son poing la petite fiole magique. Une bouteille à la mer. L'espoir prend décidément toutes les formes et celle-ci le bouleversait, une goutte d'eau dans l'océan, cette mère égarée entre deux continents. Tant d'orgueil et de faux-semblants pour dissimuler tant de naïveté. Qu'importe, Vivi lui confiait la plus précieuse des enquêtes, elle en avait été empêchée, c'est à lui que revenait de réaliser le plan qu'elle échafaudait depuis toujours.

Je me laverai les yeux tous les jours s'il le faut et quand il n'y aura plus d'eau, je remplirai le flacon pour diluer jusqu'à l'infini le sortilège. Jusqu'au jour où je pourrai saluer Prudence, me présenter et me faire reconnaître. Je suis le fils de Manuela. Et continuer très vite pour ne pas l'effrayer, je ne vous en veux pas, j'ai tourné la page, mais j'ai besoin de vous. J'ai rencontré Viviane à Dakar, je vous cherche pour elle, elle me l'a demandé.

Je dois vous retrouver, pour la revoir.

Je me frotte les yeux tous les jours et je vous cherche, madame, dans tous les quartiers, dans les transports et dans les squares, auprès des enfants, au pied des immeubles de bureaux, dans les cantines et les salons de coiffure. Tous les jours, je marche dans la ville et sa périphérie. Je dévisage des femmes qui pourraient être vous. Je cherche Vivi dans leurs traits, c'est mon meilleur indice. J'ai la photo, le mot cent fois plié replié dans mon portefeuille, et l'étoile aussi, celle que je lui ai donnée, son étoile toujours sur moi.

En rêve, il avait déjà vécu cet instant, ou était-ce un souvenir ? Partir à la recherche de Prudence.

Dakar, cinéma Le Paris, place de l'Indépendance.

Sur la piste de Prudence, il avait rencontré Vivi. Et le cours de sa vie avait quitté son tracé mélancolique d'enfant solitaire puis d'homme résigné[231].

C'est ce qu'il était allé chercher à Dakar, ce qu'il en avait rapporté.

La vie devant lui.

---

231. Résigné (adj.) : *Qui accepte ce qui lui arrive. Ne plus se battre contre son sort, son destin.*

Crédits

Principe de couverture : David Amiel
Adaptation de couverture et iconographie : Vivan Mai
Maquette intérieure : Vivan Mai
Crédits iconographiques de la couverture : Kai Baldow ; Ricard Viñals (Kaobanga) / Flickr / Getty images

Mise en pages : IGS-CP

Enregistrement, montage et mixage : Studio EURODVD

Texte lu par : Valérie Bezançon

ISBN 978-2-278-07251-4 — Imprimé en France
Achevé d'imprimer en mai 2012 par EMD – Dépôt légal : 7251/01
N° d'imprimeur : 26693